透明な私を愛して

キャロル・マリネッリ 作

小長光弘美 訳

ハーレクイン・イマージュ

東京・ロンドン・トロント・パリ・ニューヨーク・アムステルダム
ハンブルク・ストックホルム・ミラノ・シドニー・マドリッド・ワルシャワ
ブダペスト・リオデジャネイロ・ルクセンブルク・フリブール・ムンバイ

ONE MONTH TO TAME THE SURGEON

by Carol Marinelli

Published by Harlequin Japan,
a Division of K.K. HarperCollins Japan, 2024

キャロル・マリネッリ

イギリスで看護教育を受け、救急外来に長年勤務する。バックパックを背負っての旅行中に芽生えたロマンスを経て結婚し、オーストラリアに移り住む。現在も3人の子供とともに住むオーストラリアは、彼女にとって第二の故郷になっているという。

主要登場人物

フィリッパ・ウェストフォード……小児科の看護師。愛称ピッパ、ピップ。
ジュリア・ウェストフォード……ピッパの姉。故人。
ノーラ……ピッパの上司。看護師長。
ルーク・ハリス……外科医。
マシュー・ハリス……ルークの父親。外科教授。
ハンナ・ハリス……ルークの母親。
ショーナ……ルークの元勤務先の看護師。
クロエ・ジェームズ……入院患者の少女。
ダーシー・ウィリアムズ……入院患者の少年。
ハミッシュ・ウィリアムズ……ダーシーの双子の兄弟。
エヴァンとアンバー……ダーシーとハミッシュの両親。
フィオナ……若手医師。

プロローグ

ピッパ・ウェストフォードは、学校の図書館を楽園だと思うようになっていた。

ここでなら遅れていた宿題ができるし、いくらかでも勉強に集中できる。

転居が多かったせいで、十六歳となった今は新入りの立場にも慣れた。自分は常によそ者だ。

出生地であるウェールズの小村で過ごした幼児期の記憶はあまりない。その後、大きな病院に近いウエールズの首都カーディフへと移った。姉のジュリアの病状が悪化すると、ロンドンへの通院が増えて引っ越した。そして姉が移植待ちリストに載れば、また引っ越した。心臓と肺が見つかった場合に、四時間以内で確実に病院まで行けるようにだ。

姉に移植された心臓の機能が弱まってきた今、図書館は唯一の逃げ場のようなものだった。

五月になったが、ここにいると季節がわからない。並んだ高窓が小さく、ほとんど光が入らないせいだ。テーブルに明かりはあっても、夏に向かっているというより真冬と言われたほうがしっくりくる。

ピッパは引っ込んだ狭い場所にあるテーブルに座り、褐色の髪を指に巻きつけながら、進路カウンセラーと書いた空白だらけのメモに目をやった。

鞄《かばん》を置くどんという音がして、誰かが向かいの席に座った。ピッパは顔を上げなかった。せっかく見つけた平穏な時間もここまでかと思った。

癖だらけの髪から手を離してペンをとり、数週間悩みつづけている用紙の空欄を埋めるべく、意を決した。〝フィリッパ〟と正式な名前を書いて、ため息を一つ。十六歳にして将来の方向性を決める進学課程――いわゆるAレベルの科目を選ばなければならないというのは本当に頭が痛い。

進路カウンセラーも教師も、中等教育修了試験の成績しだいで考えなおすことは可能だと言っていた。

いい成績は、たぶんとれない。

スクールダイアリーの最初のページを開き、年度始めに立てた綿密な学習計画に目を落とした。

ペンを握る手に力が入って、ぐちゃぐちゃに塗りつぶしたくなった。破り捨てたくなった。頑張って達成できたのは、計画のわずか四分の一だ。

いつも何かが邪魔をした……。

〝ピッパ、途中で買いものを頼める……?〟

〝できたら病院にジュリアの服を……〟

〝お姉ちゃんと話してあげて、ピッパ。ずっと家に一人でいるのよ……〟

どんな要求にもなんとか応じてきた。そんなときだった。家族が待ちわびた知らせが届いたのだ。


〝ドナーが見つかった!〟

私はひどい妹なのだろうか。待合室で両親と何時間も過ごしていたとき、頭にあったのは宿題を持ってくればよかったという後悔だった。

今は姉が回復する見込みも薄れ、ピッパは自分の心臓がだめになるような錯覚に襲われている。姉をねたむ気持ちなんてない。大好きな姉だ。

失うのはただの姉ではない。私の大親友だ。

「決められないのか?」

顔を上げて驚いた。向かいに座っているのはルーク・ハリスだった。しかも、私に声をかけてきた。

気の利いた返事をしようとしたが、声になったのはたった一言だった。「少し」

茶色の瞳に見つめられると、十六歳の頭ではそんな答えしか出てこない。

ルークには誰もが夢中になる。

それは言いすぎだとしても、ピッパの同級生のあいだでは間違いなく校内一有名な男子だった。ピッパより二つ年上で、体育祭に出れば応援が集中し、全校集会でスピーチをすれば会場にざわめきが走る。顔立ちが整っていて、まっすぐな髪は瞳よりも柔らかめのブラウンだ。そして、なんでも器用にこなす。失敗知らずで、それはもう……かっこいい。

「あなたはどうやって決めたの？」

無視されるか適当に返されるのがおちだと思ったのに、ルークは真面目に考えている様子だった。

「初めから決まっていた気がするよ。僕の生まれる前からね」声に苦々しい響きがあった。

「お医者さんになるの？」そうきいたのは、姉と一緒にオンラインで上級生の弁論大会を見たからだ。彼の父親が賞を贈呈していた。

「正確には外科医だ」

ピッパがようやく目を合わせると、明かりを受けた彼の目が赤かった。泣いていたのかと一瞬変な想像をしたが、たぶんプールから上がったところなのだろう。当然ながら彼は泳ぎもうまい。

どぎまぎして形のいい顎に視線を外すと、そこに小さな傷が見えた。完璧なルークでも髭《ひげ》そりに失敗するのかと、少しだけ頬がゆるんだ。

彼も微笑《ほほえ》んだが、それはピッパが笑ったのを不思議に思っているらしい奇妙な笑みだった。「ルークだ。ルーク・ハリス」

「知ってる」笑顔で言った。「全校集会で気になって見ているから。ああ、ときどきね……」

笑みを広げる彼を見て、とくんと胸が高鳴った。

彼はピッパが書きかけている用紙を、向かいから見た。「君は、フィリッパ？」

「ええ、でも――」ピッパで通っていると言いかけて思いなおした。名前の話はしたくない。

姉の話はとりわけ避けたい。

ウェストフォードという姓はさほどめずらしくも

ないが、学校に同じ姓の生徒がもう一人いる。

ジュリアだ。

今は彼女の妹として見られたくなかった。

姉とはぜんぜん似ていない。ジュリアは小柄なブロンドで青い目がくりっとしているのに、ピッパの髪はおさまりの悪い褐色の癖毛で、体つきもがっしりしている。瞳の色は……。実は、先週の美術の宿題が、自分の瞳にいちばん近い色をカラーチャートで探すというものだった。すてきな色名に合致させようと頑張ってはみたものの、ぴったり合ったのは結局、ただの渋いアーミーグリーンだった。

外見を比べられるだけならまだいい。誰と話していても、ジュリアの妹だと知られたとたんに気まずい間ができる。すっとよぎる同情の色、お決まりの重い沈黙。お姉さんの具合は、ときかれたりもする。

必ずだ。

ルークは姉と同学年だから、体調不良で今年度は休みがちの姉のことだってきっと知っている。

嚢胞《のうほう》性線維症で心臓と肺を移植したものの、みんなが期待していたような結果ではなかったということも。だから、当然様子をきいてくる……。

自分は幸運なのだとピッパはわかっていた。だけど、ときどき無性にさびしくなる。

自分の世話は自分でするし、個人的な問題について騒いだりはしない。

姉の入院に比べれば、眼鏡が壊れたことなんて些《さ》細《さい》な問題だ。姉が移植待ちリストに載った知らせに比べれば、初めての生理なんてどうでもいい。少しにきびができたって、いや、たとえ顔中がにきびだらけになったとしても、命がつきかけている姉を思えば、嘆いたりできるわけがない。

市販の塗り薬でにきびを治そうとしたときには罪悪感を覚えた。薬をつけすぎたのだろう、くりくりした長い前髪が変色して、茶色からおかしなオレンジ色に変わってしまった。

妹だと言うのはいやでも、ジュリアのことは大好きだった。姉のいない世界を想像すると怖くてたまらない。でも、こんな話は誰にもできない。両親はただでさえ不安に押しつぶされそうなのだ。

いっときだけでも、静かな図書館で自分の話ができるのは心地よかった。

「進路カウンセラーと話しても、いまいちで」

一度はジュリアと話そうとした。ジュリアも喜んで聞くと言ってくれたけれど、ピッパは母に呼ばれてキッチンで説教された。

〝少しは考えなさい〟と母は言った。〝ジュリアは将来の計画も立てられないのよ〟と。

「今はどんな授業を?」ルークがたずねる。

「フランス語が気に入っているの。でも、フランス語を仕事にできるとは思えない」

「翻訳家は目指していないんだな」

「ぜんぜん。語学は趣味にとっておくつもり。美術もね。スケッチや陶芸は好き――」ペンを噛《か》んだ。「美術は大好きなの。というか大好きだった。先週まではね……」

ピッパはふいに笑った。

「何がおかしいんだ? 何? 言ってくれよ」

それは新鮮な感覚だった。姉以外に本気で私の考えを知ろうとする人がいる。私のちょっとした笑みの意味を知りたがる人がいる。

うれしくなったピッパは宿題の話をした。瞳の色がアーミーグリーンでがっかりした話だ。

「地味な色でしょう」

「茶色よりはいいさ。本当に美術が好きなんだな」

「好きだけど……」ぎこちなく肩をすくめた。いつもならそれで話が終わるのに、彼は待っていた。ピッパの話の続きを待っていた。「フランス語と同じよ。仕事にしている自分は想像できなくて……」

「二つ合わせて、パリの通りで似顔絵を描く、という手もある……」

ピッパは声をあげて笑った。

彼がたずねる。「なんでもできるとしたら何がしたい？　もし、何にでもなれるとしたら？」

「あなたなら、何になる？」

彼は小首を傾《かし》げた。考えたこともなかったといった様子だ。

「なんでもいいのよ」

「ロックスターかな」にっこり笑う。

「楽器はギター？」

「違うよ。ドラムだ」

「ドラマーなんてすごい。叩《たた》けるの？」

「触ったこともない」その言葉にピッパは笑った。

「しいっ！」図書館員が注意する。

ルークがテーブルをまわってきて隣に座った。距離の近さが意識された。彼はピッパが進路カウンセラーと作ったメモに目を通した。

「警察、とあるのは？」

「刑事ね。カウンセラーの提案なの。危険を前にしても動じないし、信頼関係を大切にするから。だけど、刑事というのは違う気がする……」

ルークはピッパを凝視した。「そうだな」

「最初は制服警官からだし、それに私は走れない」

「走れないのか？　走る気がないのか？」

「どっちもよ」ピッパが言うと、彼はわかりづらいメモのほうに視線を戻した。

「ケーキ？　お菓子作りが好きとか？」

「そうじゃないの。これは……一度看護の仕事も考えたって話していたときに書いたの」

「ケーキとどんな関係が？」

「それは……」言葉は尻すぼみになった。

話せば身勝手な印象を与えてしまう。人のためになりたくて看護の仕事を考えたのではない。うれしい思い出のせいだ。七歳になったその日、ピッパは目覚めたときから興奮していた。でも階段を下りるとキッチンには隣人が来ていて、朝早くにジュリアの具合が悪くなったのだと告げられた。

ピッパが姉のいる病院に連れていかれた夕方には、容体はもう安定していた。ピッパは姉にハグをしたが、大人はみんなマスクにガウン姿で、ピッパも離れているよう指示された。

誰からも誕生日を祝ってもらえずに落ち込んだ。落ち込む自分はいけない子だと思った。そんなとき、一人の看護師がケーキを持って入ってきた。みんながバースデーソングを歌いだしたときは、短い時間だったけれど、存在を認められたように感じた。

「どうして看護に興味を持ったんだ？」

問われてはっと気がついた。彼は浅黒い外見のかっこよさだけで人気なのではない。聞き上手なのだ。人に――私に、真剣に向き合ってくれる。

「うん、ちょっと……」どう続ければいいのか。あの看護師の存在は大きかった。自分も大事な家族の一員なのだと、短い時間であれピッパが思うきっかけを作ってくれた。「好きになれそうで……」

「それで、看護師になるのに必要な科目は？」

「二つか三つ。一つは理系でないとだめなの。生物と英語はとりたいと思っていて……」ピッパは小声で話しながら、誰かに聞いてもらえる喜びを実感していた。「本当は美術も選びたいけど……」

「けど……？」

「そこまで得意じゃないから」

「僕の母は絵を描くんだ。ひどく下手な絵で……」ルークは遠い目になったが、すぐ現実に立ち返ってきれいな茶色の目をピッパに向けた。「君は美術の授業が楽しいんだろう？」

「すごく楽しい」感情は抑え込むようにしつけられてきた。でも、美術の授業では心を解放できる。「気持ちが落ち着くの。特に陶芸は……」

「だったら選べばいい」

互いの頭が近づいて、ピッパは塩素の臭いを覚悟した。彼はプールから出たばかりだ。というより、充血した目からそうだろうと想像していた。

視線を上げたピッパは、あっと息をのんだ。違う、彼は今まで泣いていたのだ。

もしかして、ルーク・ハリスも隠れ場所を求めて図書館に来たの？

自分が姓を口にしたくないように、ルークもピッパに詮索されるのはいやなはずだ。

それでも、目顔で軽く問いかけた。

一瞬視線がからまった。ピッパは眼鏡に巻いたテープを忘れ、オレンジ色になった前髪を忘れた。

笑顔となんでもない会話の裏に苦しみがあることを、互いが感じたかのような一瞬だった。

「楽しいのなら、外しちゃだめだ」彼はなおもピッパを見ている。

彼の言うとおりだとわかっていた。彼はピッパの気持ちを代弁してくれた。楽しい教科を学んだほうがいい。だから、頷《うなず》いた。「そうね、そうする」

「よかった」

彼の瞳はチョコレートブラウンよりも濃い。カラーチャートで確認してみたいと思った。きれいな目なのだ。ただ、充血して少しはれぼったくなっている事実を無視することはできなかった。

「大丈夫？」ピッパはたずねた。

彼は黙っていた。なぜそんなことを、ともきいてこない。

生徒たちが片づけを始めていた。昼休みの終わりのベルが鳴り、ざわざわと動きだす音がしている。さっきの質問は宙に浮いたままだ。

「たぶん」彼はやっとそう言うと、口角を下げぎみにして笑った。

「私にできることはない？」ピッパは自分で言って

赤面した。私がルーク・ハリスにアドバイスだなんて、おこがましいにもほどがある。「私……」

「平気だよ」彼は席を立った。「戻ろう。次の授業は？」

「二限続きの美術」その答えで彼の笑みが少し明るくなった。「あなたは？」図書館を出ながらきいた。

「二限続きの体育だ」

いつものように美術の授業では時間があっという間に過ぎていった。ピッパは作った器に釉薬《ゆうやく》をかけ、それとは別に小さなハート作りにとりかかった。

「お姉さんに？」教師がたずねたのは、ピッパがよく姉のためにちょっとした小物を作るからだ。

ピッパは黙っていた。

歩いて家に帰る途中、注文していた眼鏡を引きとり、母に頼まれていた食料品を買った。次に行った薬局では、ジュリアが使う特別な外用薬を買った。

今の姉は一日の大半をベッドの上で過ごしている。気づけばぼうっと夢想していた。ルークと二人で図書館に何時間も何日もこもっているところを想像した。包囲されたとか停電になったとか、適当な理由を考えた。勝手な想像だから自分は今より一、二歳お姉さんで、壊れた眼鏡はかけていないし、髪もオレンジ色になってはいない。でも、トイレは？

だめだ、あそこにトイレはないんだった！

家に戻ったら、ジュリアから彼に関する情報をきだせるかもしれないと考えた。さりげなく彼の名を出してみようか。正直に話してもいい。これまではふつうのあこがれだったものが、ぐんとレベルアップして、思いきり恋してしまったと……。

「ただいま」大きな声で言った。母がキッチンから出てくるのが見えた。「買いものしてきたわ」

「学校はどうだった？」

「Aレベル課程の教科の選択があって――」

「そう」

「今考えているんだけど——」

「ジュリアがね、あなたに話したいことがあるって、うきうきしているの」母はピッパの話をさえぎった。

「いい知らせよ！　本人の口から聞いてあげて」

「わかった」ピッパは二階に上がった。「お姉ちゃん……」あけたままの寝室のドアをノックして微笑んだ。ジュリアはベッドで半身を起こしていて、ネブライザーでの薬剤吸入を終えるところだった。ピッパが器具のマスクを外してフックにかけていると、かすれた声で姉が言った。

「あのね、聞いて」

「何？」ピッパは姉のベッドに腰を下ろした。

「ルークが電話をくれたの。やっとパーティに誘ってくれた。あのルーク・ハリスよ！」

これほどまでに落胆している自分は……喜ぶ姉に嫉妬している自分は、どこまで身勝手なのかと思った。姉には人生の楽しみがほとんどないというのに。

「学校のダンスパーティよ」ジュリアはベッドに横になった。コーンフラワーブルーの真っ青な瞳が輝いていて、くすんだ色の唇が笑っている。

わかっていた。昼休みのルークは優しくしてくれただけ。彼が私を誘うことは絶対にない。だとしても、楽しい空想というささやかな現実逃避の時間が、こんなにあっさりと終わってしまうなんて。

ルークは何度か家に来たが、ピッパは自室から出なかった。学校ではホールで一度すれ違ったが、彼は無反応だった。きっと試験前か、試験が終わったばかりなのよ。ピッパはそれらしい理由を考えて自分を慰めた。

ダンスパーティの当日は、ジュリアのメイクを手伝った。ベージュがかったシルバーのドレスを着た姉は、妹の目から見ても最高に美しかった。

ジュリアをパーティに参加できる体調に持っていくまで数週間かかった。この大切な夜に合わせて薬を調整し、万一を考えて、ホールの個室に酸素も準備した。けれど、今のところは完璧だ。

「彼が来たわよ」母が入ってきた。「下までお父さんが抱えていくわ。疲れたら大変だから」

「ルークに見られないようにして」姉が言う。

ピッパは二階に残って姉を見送った。ベッドの上で小さな焼きもののハートに手を触れた。あの特別な日に作った置物で、今は窓際に置いてある。あのあと窯で焼き、ルークの瞳にいちばん近い色で彩色した。翌週には釉薬を塗って、また焼いた。

ジュリアと並んで車のほうに歩いていくルークを見ながら、彼の腕をとっているのが自分だったらと考えて、ピッパは自己嫌悪におちいった。

生まれて初めて思っていたのだ。自分がジュリアだったらよかったのにと。

1

「これは！」

冷たい十一月の朝、申し送りに遅れそうだというのに、ピッパは病院の入り口でテイクアウトのコーヒーを手にあんぐりと口をあけた。

「まるで宇宙船ね」

救急科の看護師長をしているメイはピッパの前を歩いていたが、彼女もまた足を止め、ロンドン・プライマリー病院の新しい小児科翼棟を眺めている。

病院の東棟は二年にわたる改装と増築が終わり、ようやく足場がとれて、アーチ型の窓が並ぶ、ガラスを多用した白亜の外観があらわになっていたのだ。

「見ているだけでめまいがしそう。あんな廊下、歩けるかしら」強いアイルランドなまりでメイが言う。

「私は平気ですよ」ピッパは微笑《ほほえ》んだ。小児科の看護師として、待ちに待った職場のアップグレードには期待しかない。「小児救急はどこですか？」

「救急は古いままよ。入り口がきれいになって小さな処置室がいくつか増えただけ。基本的に、スタッフの増員もほとんどないし……」

「本当に？」ピッパは笑った。

「まあ何人かは来る予定だけど。そっちは？」

「新しい建物の一階に移って、急性期の患者だけを扱うことになるみたいで……」

現在の小児病棟は新生児から十五、六歳までの子供を受け入れていて、病状もさまざまだ。

移動後は短期入院の患者、もしくは専門ユニットに移るまでの待機患者を主に扱うこととなる。

「ああ、もうこんな時間。急がないと、二人とも遅れちゃう……」メイが言った。

ピッパは最後にもう一度建物を見上げた。掲示されていた新体制の案内には隅々まで目を通した。新しい個々のケアユニットの説明もすべて熟読した。興味を惹《ひ》かれるユニットが一つあった。

まだ誰にも話していないが、来週には面接を受ける予定になっている。

「遅れてすみません！」

その声は自分に向けられたものではなかった。

個室から出たルーク・ハリスの目の前を、カールした褐色の髪とグレーのコート姿の女性が、マフラーをたなびかせてびゅんと通りすぎた。

女性は冷たい秋の空気と、そして夏の香りをまとっていた。彼女を目で追ったのは香水のせいか、それとも別の何かが気になったからか。

「今着替えてきます」集まっている看護師たちに声をかけ、更衣室らしき場所へと駆け込んでいく。

ああ、やはり気になる。見覚えがあるのだ。

この二年はアメリカのフィラデルフィアにいたから、今は顔見知りが少ない。もちろん旅先でも昔の同僚に出くわすことはあったし、一時的に戻ったこロンドンではそんな偶然も多くなるだろう。

だが、彼女が誰だか思い出せない。

そのせいで病棟師長であるノーラの話から注意がそれた。彼女はルークと、ルークが指導する若手医師フィオナを連れて病室をまわりながら、簡単に小児病棟内の配置について説明していた。

「ベビーベッドと隔離室のほかに通常のベッドが十二床、高度ケア用のベッドが八床あります。内科も外科もです」ノーラはナースステーションにいちばん近い、ベッドが四つずつあるガラス張りの二つの病室を示した。「改装した翼棟はもうすぐ使えますが、それまで小児外科の患者は――」

女性の笑い声がした。

ノーラではない。

フィオナでもない。最後に会ったときのフィオナは、セント・ベーダ病院で学ぶメディカルスクールの三年生だった。今は意欲的な若手の医師で、そしてやっかいな存在でもある。

そうか、これはさっきの女性の笑い声だ。

ルークはナースステーションを見やった。つき合った女性の顔なら全部覚えているが、彼女は違う。

彼女はカールした褐色の長い髪を、談笑しながらまとめ上げているところだった。すでに水色の医療用スクラブに着替えていて、がっしりした体つきのわりに、女性らしいめりはりがあるのがわかる。

前の病院で一緒だったのか？　あそこのスタッフならだいたい知っている。

実のところ、そうやって知り合いが多いのもまずかった。そのせいで病院を去るはめになったのだ。

ルークは記憶をたぐりながら病棟を進み、患者や患者の親たちと顔を合わせた。

「彼女はクロエ・ジェームズ。七歳です」ノーラが紹介した。「金曜日に公園の遊具で遊んでいて、五メートルの高さから落下。肝損傷です……」

ルークは心配顔の母親に自己紹介した。

「代理の医師？」母親の顔がくもる。「こちらではどのくらい働いていらっしゃるんですか？」

「実は今日からで――」

「ミスター・ハリスはセント・ベーダ病院の外科専門医だったんですよ」

軽く口元が引きつった。さえぎられたせいではない。ノーラが自分の職歴を知っていたからだ。

フィオナを見ると、彼女の頬が赤く染まった。

そうか、フィオナがノーラに前の職場のことを言ったのか。ほかに何を話したことやら……。

「ミセス・ジェームズ、私は長期休暇中の医師の代わりで入りました。一般外科医で外傷治療が専門です。これから私がお嬢さんの担当になります」

「今日だけいらしたわけじゃないんですね？」

「ひと月ほどいます。ですが、お嬢さんの退院のほうがずっと早いでしょう。様子はどうですか？」

「よくなっています。お腹《なか》が空《す》いたと言いだすし、私のスマホでゲームもしたいと」

「なるほど。ちょっと診察しようか、クロエ？」

「朝ごはんは食べてもいい？」クロエは手元のゲームからブロンドの頭を起こした。

「まだ少し早いかな。でも腹部――お腹のところを見せてくれたら、もっとよくわかるかも」

「腹部は知ってるよ」クロエは横になった。にっと笑った口元を見ると歯が何本も抜けている。

「そうか、ごめん」院内着をめくった。「僕は大人も診るけど――」腹部に触れながら話す。「胃と言う人もいて……腹と言う人も――」

「はらわたとか！」クロエが楽しげに言った。

「クロエ！」母親がたしなめた。

ルークは笑った。笑っているときでもクロエの腹部は柔らかくて、おおいに安心した。

「起き上がれるかい？」クロエはスムーズに動き、ほんの少し手助けしただけで一人で起きられた。

「少し前まではできなかったのに」ミセス・ジェームズはじっと娘を見ている。

みんなを心配させたクロエは、救急科に搬送された金曜の午後から大きく回復しているようだ。

「子供は我々よりだんぜん回復が早いんです」ルークは眉を上げた。「心のほうも」

「ええ」母親は半笑いの顔になって震える手を見せた。「私はまだ怖いんです。でも、娘のほうは食事がしたいと。何か食べさせてもいいですか？」

「今日のところは水分だけですね。あせってはだめです。エコー検査もまた準備しておきましょう」

「お腹ぺこぺこ」クロエがすねた顔になった。

「僕もだ」

少女は笑った。「先生も食べてないの？」

「食べていないよ。まずは腹部の写真を撮って、大丈夫かどうか見てみよう」

そのときだった。あの看護師が入ってきた。

「おはよう、クロエ……。あ、診察中にすみません」彼女はあわてた。「出なおしてきます」

「いいわよ。もう終わったから」ノーラが返す。

記憶にある声だった。ルークは考え込みながら出口に向かった。看護師は点滴を交換しはじめた。

ぼやけた記憶が……名前が、場所が、思い出せとルークをせっついている。

だが個室を出て話したのは患者のことだった。

「あの子が検査するときは知らせてください。僕がつかまらないときはデイヴィッドに」そばにいた専門医助手を見やると、彼はポケベルを見つめていた。

「ちょっと、救急科に行ってきます」

「わかった」

デイヴィッドが去ると、ルークはノーラに向き合った。本来ならフィオナに外してもらうのが礼儀だが、今回ばかりはそうもできない。

「患者にも保護者にも、自分のことは自分で話します」ぶっきらぼうな言い方になった。

「私はただ――」ノーラはフィオナを横目で見た。フィオナの顔はもう真っ赤だ。「勤務初日だと聞いてお母さんが不安になられていたし、それに……」

「能力に不安を持たれても、僕が自分で対処します。横から説明してもらわなくて結構」

今のうちに立場を明確にしておくことは重要だ。セント・ベーダを去るときにつきまとっていた不祥事の噂《うわさ》は、二年以上たった今も完全には消えていない。今の職場に暗い影を持ち込みたくはない。

エレベーターで一般外科病棟に上がる。自分の対応のまずさを密《ひそ》かに悔やんだ。フィオナはそのうちルークの過去を同僚に話すだろう。あれやこれや、履歴書に書いていないことまでも。

二年以上前に見聞きしたことは黙っていろとフィオナに命じるか？　いや、頼んでみるか？

しかしそれは、真剣に鎮火を願っている火に再び油を注ぐような行為ではないのか？

何を考えているんだ、僕は。

フィオナだけの問題じゃないぞ。

第一外科ユニットに向かう途中で、別の知った顔を見つけた。手術室業務を支援するオペ室専門職員だ。セント・ベーダ病院でも一緒だった。

「ジミー！」

「ルークか！」

お決まりのあいさつを交わして簡単に近況報告し合った。そこは手術室エリアと第一外科ユニットをつなぐぴかぴかの通路の上だったが、ジミーは明らかにもっと話を聞きたそうな顔をしている。

「ロンドンに戻ったのか?」

「ああ」ジミーの質問には言葉にされない続きがあった。〝セント・ベーダは避けたんだな?〟

「このあいだ、昔の仲間と飲んだんだ。ショーナはICUに移ったらしい」

自然な流れでその名が出てルークはほっとした。状況は以前と違っているのかもしれない。だが、そう思えたのは一瞬だった。ジミーが空咳《からせき》をし、じゃあ、急ぐからとつぶやいた。フィオナはフィオナで、鳴ってもいないポケベルをいじりはじめた。突然の気まずい空気は、ショーナの名前がきっかけだ。

「会えてよかったよ」これではっきりした。ここからの一カ月は地獄になる。

ルークの派手な女性関係と遊びに徹する姿勢は、セント・ベーダでよく噂になっていた。悪い噂ではない。自分の生き方には満足していて、噂など気にもしていなかった。少し楽しんだあとは、たいてい円満に別れた。つき合う相手を慎重に選び、遊び以上の期待はするなと最初に念押しするからだ。

ところが二年以上前、ルークは噂で窮地におちいった。既婚者であるオペ室看護師、ショーナと不倫しているという憶測が流れたのだ。

まったくの事実無根だった。

しかし、表にはできない事情があって、自分から噂を否定することはできなかった。

ロンドン滞在がたったひと月なのも、その事情が関係している。今住んでいるフラットを売る。少なくとも売る算段をする。そして去るつもりだ。

今度は永久に。

ピッパは医師が新たに書き込んだカルテを回収し、それからミセス・ジェームズとしばらく話をした。食事ができない娘のことが心配だと言う。

「お母さんだけでも、少し食べてこられてはどうですか？　配薬の準備を終えたら、私がクロエと少しおしゃべりしています。利発なお嬢さんですし、食べられない理由もわかってくれますよ」

「怖がらないかしら。私は少し家に戻って搾乳したいんです。ここではリラックスできなくて――」

「赤ちゃんの顔も見たいですよね」

「ええ、だけどクロエが不安になるようなら、病院から離れるわけにはいかないわ」

「怖がらせたりはしません。安心してご自宅でシャワーを浴びて、食事をしてきてください」

　ミセス・ジェームズが洗面用具をとりに行くと、正看護師のジェニーが呆《あき》れたような顔になった。

「娘に甘すぎるのよね。いつもそう……。クロエがこうだから、クロエがああだからって――」

「クロエは弟ができたばかりで、今度は自分が事故にあったの。少しくらい甘えんぼさんになるのは当然だし、お母さんだって不安になるわ」

　ピッパは薬剤保管室へ行き、入院患者が朝にのむ薬の準備にとりかかった。

「ここにいたのね」入ってきたのはノーラだった。

「ちょうどよかった。一緒に薬のチェックをしてもらえますか？」ピッパは笑顔で言った。

「わかった。ねえピッパ、例の申請だけど、今日までなのは知っている？　産休に入る私の代理。あなたはよく私の仕事を代わってくれているわ。それなのにまだ申請していないでしょう……」

「ええ」ピッパはうろたえた。まだ誰にも言わないつもりでいたが、ノーラの口から申請の話が出たからには、白状しないわけにはいかない。「実はもう、新しい小児科翼棟でのユニット師長の職に希望を出しているんです」

「黙っていたのね」

「私なんかにチャンスがあるのかどうかわからなくて。ＰＡＣユニットなんですけど」新翼棟には新しいケアユニットがたくさんできるため、ノーラが専門用語に首を傾《かし》げたのを見ても驚かなかった。「併存疾患のある小児のための急性期治療室です」

「つまり、持病がある子供のケア?」

「ええ、急性の疾患を併発していたり、手術を受けたりする子供たちです。事前面接に呼ばれています。師長には推薦人をお願いしようと思っていたんですが、だめですか?」

「もちろん引き受けるわ。だけどね……」

「なんでしょう?」

「どうして言ってくれなかったの?」

「面接まで行けるかどうかも微妙だったので」

「新しい小児科翼棟のことは、みんな何カ月も前から話していたわ。どんな仕事がしたいのかを考えながらね……」ピッパを見て小さく首を振る。「あなたは違ったけど」

「それは問題ですか?」

「いいえ、評価には関係ないわ」ノーラに呼び出しがかかったため、話はそこまでになった。

同僚との関係は悪くない。看護師として複数の持ち場を経験してきた。研修期間を除けば、ここプライマリー病院での勤務がいちばん長い。だが、ピッパは休憩室でも個人的な話をしないため、少しとっつきにくい性格だと思われている。

個人的な話もそうだが、仕事や昇進の話にも加わらなかった。自分の考えを人に話したり、自分の選択について議論したりすることが苦手なのだ。子供のころから感情は一人で処理してきた。誰にも迷惑をかけないよう、胸の内に押し込めてきた。

ノーラの言うとおり、新しい小児科翼棟で何ができるのか、どんなチャンスがあるのか、スタッフはずいぶん前から興奮ぎみに話していた。それでもピッパはPACユニットへの興味を隠しつづけた。

やがてノーラが戻ってきたが、まだ少し気分を害しているように見えた。まずは謝らないと。「黙っていてごめんなさい。正直、自分に合った役職なのか、百パーセントの確信がないんです」

「そのための同僚でしょう、上司でしょう」ノーラはいら立っている。「一緒に話ができたのに」

問題はそこなのだ。持病がある子供に寄り添いたい理由、それを感情的にならずに、涙声にならずに説明できる自信がない。

職場の仲間に姉の話はしていない。

姉に関する感情は、小さいころも十代のころも、無言の圧力で封じられてきた。大人になった今は感情的にとり乱してしまうのが何より怖い。だからジュリアの話題はずっと避けている。

面接を前に緊張しているのも、それが一因だった。

「あなたならきっと立派にやれる」ノーラは硬い表情で微笑んだ。「もし相談してくれていたら、私はそう答えたわ」

「ありがとうございます」

「一緒に面接での答え方を練習してみる？ 私でよければ、模擬面接をしてもいいわよ」

「いえ、準備はできているつもりですから」

「そう、気が変わったらいつでも言って。それから、あなたが担当している肝損傷の患者だけど、今日中にエコー検査が入るわ」

「連絡板に書き出しておきます」

「彼、いかにもセント・ベーダから来ましたって感じで、すごく偉そうなの！」

「誰の話ですか？」ピッパはきいた。

「代理で来た外科医。患者の親を安心させようとしただけなのに、上から目線で注意されたわ」ノーラはそこで横柄な声色を作った。「〝横から説明してもらわなくて結構〟ですって。私はただ、彼がセント・ベーダの専門医だった事実を、ミセス・ジェームズに説明しただけなのに」

競合しているわけではないが、セント・ベーダ病院は非常に評価の高い有名なティーチングホスピタル、すなわち教育に力を入れた総合病院だ。

「連絡板のほうも書きなおしておいて」

「わかりました」

「名前はミスター・ハリス。ルーク・ハリスよ。ここでの勤務予定は一カ月」

ピッパはなんとか平静を装った。薬のチェックを終えてノーラが去っていく。

まさか、あのルーク・ハリスじゃないわよね？

ルークは外科医になろうとしていた。その昔、ピッパは自分で情報を集めて、彼の父親がセント・ベーダの外科教授であることも知った。

だけど病棟にいたのがルークなら、私が気づかなかったはずはない。だって、実家の暖炉の上には今でも彼の写真があるのだから。学校のダンスパーティの夜に、姉のジュリアと並んで撮った写真だ。

二十分前の記憶を探った。あそこにはフィオナがいた。彼女は数カ月前から働いている。デイヴィッドもいた。だが、医療用スクラブを着た黒っぽい髪の医師については、広い背中を見ただけだ。

ルーク・ハリスはピッパの初恋の人だった。考えてみれば、あれからもう十四年近くたっている。

思い出そうとすると、図書館での穏やかなひとときよりも……悲しみが瞬時によみがえる。

姉がいた日々に引き戻される。

姉を失った日々に引き戻される。

しばらく目を閉じた。

当時はいろんな感情に翻弄されたが、気持ちの整理はとうの昔についている。

いや、整理がついてなどいない。

ルークは今でもときおり意識の隙間に顔を出す。

そんなときは自分の想像に赤面して……。

こんな話は誰にも聞かせられない！

小さいころのピッパは両親、特に母親を困らせたくなくて、感情を押し殺すようになっていた。ジュリアが死んだときは、これでもう誰とも感情を共有できなくなったと思ったものだ。

本音で話ができるのは、自分を理解してくれるのはジュリアだけだった。姉を失ったピッパの心を癒せたのは、皮肉にも、その姉だけだったのだ。

誰よりもすがりたい姉を、私は失った。

最初は芸術にのめり込んだ。大学時代、そして卒業後は、混沌《こんとん》とした自分の感情に向き合う代わりに、それらを〝対処困難〟とラベリングした箱にひとまとめにして片づけた。

今さらルークに会いたくはない。何年もかけて静まった水面を騒がせないで。濁らせないで。

ピッパはクロエの病室に移動した。そこで紫のイヤーマフをつけ、すねた顔でベッドに横たわっている少女を目にすると、ついつい笑顔になった。

「クロエ」イヤーマフを外すよう手振りで伝えると、クロエは盛大なため息をついて従った。

「赤ちゃんの声がうるさいの」クロエは言ったが、すねている原因はおそらく朝食のほうだろう。「ねえ、なんで食べちゃだめなの？」

「お腹がおかしくなったら困るでしょう」

「もうおかしくなってる。ぺこぺこだよ」

「わかるわよ。不満そうに鳴っているのが聞こえるもの」ピッパはベッドのそばに座った。

「お姉さんは食べた？」

「食べていないわ」ピッパはごまかすほうを選んだ。出勤途中で食べたアーモンドクロワッサンのことなど教えなくていい。「忙しかったから」

「あの先生も食べてないって。もう少ししたらベッドから出られるよって言ってた。でも、今食べたいんだもん……」

泣きだしたクロエを、ピッパは慰めた。食べられないのは、出血して緊急手術になる恐れもあるからだ。詳しく説明して怖がらせる必要はないが、ピッパは早くに姉から、次には仕事を通して、子供に対しても可能な限り正直であるべきだと学んでいた。

「金曜日のこと覚えてる? 手術になるかもしれないって先生たちが話していたよね」クロエが頷《うなず》く。

「最後にいつ食事をしたか、きかれたでしょう?」

「きかれたかも」

「それはね、手術をしなくちゃいけないときは、何も食べていないほうがいいからなの。眠っているときに、お腹が痛くなったらいやでしょう?」

「いや。だけど、もうよくなってるよ」

「うん、よくなってる」

「手術なんて、しなくていいもん」

「たぶんね。クロエはベッドでおりこうさんにしていたし、点滴でお腹も休ませたからね。今日もう少し検査をして、それでちゃんとよくなっていたら、すぐに食べられるようになると思うわ」

そこへ、ミセス・ジェームズが入ってきた。「まだ食べたがってます?」

「だめな理由はわかってくれました」

「お腹が痛くなるんだよ」話を聞いたクロエは少し満足したふうだ。「ママのスマホで遊んでいい?」

「ゲームなら私が持っているわ」ピッパは言った。「ママは少しお家に戻らなくちゃならないの」

「いやだ!」

「だめよ」ピッパは穏やかに続けた。「スマホもね、ママが持っていないと、大事なときに私が連絡できなくなっちゃう」

「それって、私のことを話すの?」

「そうよ」

「置いてかれるのはいやだ」

「クロエ」母親が割って入った。「ジョージは金曜からずっとママに会っていないのよ」

「赤ちゃんだから、わかんないよ」

「わかるわよ」ピッパは言った。「それに、ママはおっぱいもあげなくちゃ」

「終わったら戻ってくる？」

「戻ってくるわ」ミセス・ジェームズが言う。

「戻る前に検査になったら？」

「そのときは私がついていく」ピッパは答え、苦しげな母親を見て、また視線を戻した。「大丈夫よ、クロエ。誰もあなたを一人にはしない」

「本当に？」クロエは不安そうに母親を見た。

「あたりまえじゃない」ミセス・ジェームズは娘にキスをし、そしてぎゅっと抱き締めた。

ピッパはそのあと多くの業務をこなし、ようやく時間が空いて、連絡板を書きなおした。〝代理医師〟の文字を消して〝ミスター・ハリス〟に書き変える。そうしながら、自分の下についた看護学生に、王立外科医師会会員の敬称はドクターではなくミスターなのだと説明した。

かつてのピッパは何カ月ものあいだ、ルーク・ハリスに強いあこがれをいだいていた。

違う、何年もだ！

図書館で話す前から好きだった。友人もほとんどが恋していた。でも、その翌日からは……。彼がパーティに行くジュリアを迎えに来たあとは……。家でつらいことが多くなると、ピッパはシルバーのドレスを着た自分を、待っている車にエスコートされる自分をよく想像した。

今でもはっきりと思い出せる。遠い昔の昼休み、彼は真剣に話を聞いてくれた。

ああ、そうだった。

あのとき私は、人からきちんと注目される感覚を知ったのだ。おまけの存在ではない感覚を……。

ジュリアの妹だとは言えなかったが、聞き上手な彼の前では少しだけ自分をさらす勇気が持てた。

思い出すとなぜだか泣きそうになった。ふだんの生活ではまず泣かないのに。

一人のときでも泣いたりはしない。

最近の彼とは、少々苦い別れ方をした。〝だってね、ピッパ、君については、出会った夜に知ったこと以外何もわからないままなんだ〟

うまくいかないのはいつものことだった。

こうなるのは、自分が心を開かないからだ。

セックスは人並み――でもないか。何度も誘われてようやく一夜を過ごす。そのあとはすぐ帰りたくなる。もしくは相手を追い返したくなる……。

枕を並べてのおしゃべりには興味がない！

薄っぺらい人間だからではない。感情は人並み以上に豊かなつもりだ。ただ、表面的なつき合いにとどめているほうが楽なのだ。個人の考えはもちろん、感情を伝える方法がわからない。ジュリアのことをどう話せばいいのかも、交際相手に自分が嚢胞《のうほう》性線維症の保因者だと告げるタイミングも。

二十歳のときに思いきって検査を受けた。クリニックでは、頼れる人はいるかときかれた。

〝います〟ピッパは答えた。〝教えてください〟

幼いころから、頼れるのは一人だけだった。つまり、自分自身だ。

〝母親が保因者でも、子供が発症するとは限りません。両親そろって保因者でないと発症はしないんです。その場合であっても……〟

両親には結果を告げなかった。

きかれることもなかった。そもそも、両親がピッパに何かをきくこと自体がまれだった。

ピッパは黙ってピルをのみはじめた。交際するときは、相手に必ず避妊具を使わせた。

不測の事態が起きることはなかった。

セックスで我を忘れるほど興奮することは一度もなかったから。

2

その日の小児病棟は通常どおりの多忙さだったが
ピッパにとってはまったく異質な一日となった。
異常な警戒心が働いて、医師がよく集まる廊下や
ナースステーションにばかり目が行っていたのだ。
もうすぐ今日の勤務が終わると思うとほっとした。
とりわけ安堵《あんど》したのが、ミセス・ジェームズからあ
と三十分で戻ると連絡が入ったときだった。
「今からクロエを画像検査室に連れていくところで
す」ピッパは母親に伝えた。
遅番の看護主任キムが声をかけてきた。「検査が
終わるまでにミセス・ジェームズが戻らなかったら、
誰かを行かせて、あなたと交替させるわ」
クロエにつき添いながら、ピッパはほっと胸をな
で下ろした。今日はルークに会わずに終われそうだ。
会う前に気持ちを整理しておきたい。
「金曜日にここに来たのは覚えてる？」横たわるク
ロエを運搬係と二人で検査室に運んだ。
「あんまり覚えてない。注射されて、それで眠くな
っちゃったから」
金曜日はＣＴだったが、今日はエコー検査だ。
検査が始まろうとしたまさにそのとき、放射線科
医が顔を上げて微笑《ほほえ》んだ。「ルークじゃないか」
「マイク！　ここで働いていたのか」
喉が締めつけられた。自分の目で確かめるまでも
なく、声だけで確信した。現実になった……。最悪
の……不安が？　それとも、密《ひそ》かな願望が？
視線を向けると、もう目をそらせなかった。
十代の彼もすてきだったが、三十代の彼は持ち前
の魅力にいっそう磨きがかかっていた。絶妙にカッ

トされたストレートの髪。紺のスクラブが恐ろしく似合っている。濃い茶色の瞳について語れないのは、目を合わせる勇気が出ないからだ。

大柄、というより背が高い。肩幅も広く、かつてのすらりとした若者は、今や屈強な青年だった。

彼が笑顔で声をかけてきた。「つき添いかい？」

「はい」頷《うなず》いてすぐに視線を外した。「母親がいなくて、クロエが少し不安そうだったので」

「大丈夫だよ、クロエ。この検査はぜんぜん痛くないからね。ちょっとだけ気持ち悪いかもしれないけど、しっかり調べたいんだ」

「アメリカはどうだった？」マイクが彼にきく。

「すばらしかったよ」

「アメリカ？」これはクロエだ。気になったらなんでもたずねる好奇心旺盛な七歳の少女に、ピッパは感謝した。「ディズニーランドには行った？」

「行っていないな」

「ええ、どうして？」明らかに驚いている。

「フィラデルフィアにいたんだ。そこからテーマパークはすごく遠かった」

「私はパリのディズニーランドに行くよ。金曜日にママが約束してくれた」

ルークはにっこり笑った。「さすがはママだ。ほかにどんないいものをもらったのかな？」

見ればクロエも笑っている。ルークは子供相手の仕事をしていたのだろう。扱いが上手だ。

「今度ね、私が寝てる部屋のランプを買ってもらうの。これはパパが買ってくれた」鮮やかな紫色のふわふわしたイヤーマフを持ち上げる。「家にいるときにジョージの泣き声がうるさいから」

「君はとってもかわいがられているんだな」ルークは放射線科医が腹部に触れているあいだ、クロエの気をそらしていた。気楽なおしゃべりをしながらも、画像を見るまなざしは真剣だ。結果に満足している様子が表情からうかがえた。やがてクロエの腹部に再びシーツがかけられた。

「ありがとう、マイク」

彼はピッパにも軽く微笑んだ。感情のこもらない軽い笑み――私を覚えていないのだ。

運搬係が来るまで三十分待ち、病棟に戻った。

「ごめんなさい」病棟でキムが言った。「あなたのことを忘れてた。お母さんは戻られているわ。クロエをベッドに戻してくれる？　今夜はローラが担当なんだけど、今は二番ベッドに行っているの」

「検査結果は誰か説明してくれるんですよね？」ミセス・ジェームズは不安そうだ。

「今はみんな手がふさがっていますが、説明しに来るよう私から伝えておきます」もうすぐ夕食の配膳で、クロエには酷な時間となる。娘をおとなしく休ませようとすれば、母親も大変だろう。「クロエ……ジグソーパズルは好き？　ディズニーのパズルがあるんだけど」

クロエの顔がぱっと明るくなった。少女が楽しく過ごせるようピッパが二種類のパズルを用意するころには、交替の時間を一時間近く過ぎていた。

別に構わない。実際、携帯電話が震えて発信者が母だとわかったときには、まだ仕事中でよかったと安堵のため息をついたくらいだ。

月曜にはよく実家に立ち寄っているが、今夜ばかりは一人で過ごしたかった。

「週末には帰るわ。帰れるように努力するから」

「お墓参り、しばらく行っていないでしょう」

母の声にはかすかな非難の色があり、ピッパは会話を続けるために処置室へ引っ込んだ。

「忙しいの」

言い訳が口をついて出た。母はほぼ毎日ジュリアの墓に行っているが、正直なところ、ピッパは墓参りで慰めを得られるとは思っていなかった。

ふと、頭上でチャイムが鳴った。ピッパの病棟向けではなかったが、このタイミングはうれしい。

一度病院にいるふりをして家から母に電話したことがあった。そのときは隣人がドアをノックしてきて、ひやりとした。帰宅途中の地下鉄の駅から電話したときには、アナウンスで嘘《うそ》だとばれた。

視線を上げたピッパは、頬が熱くなるのを感じた。ルークが入ってきて引き出しをあけはじめたのだ。

「人手が足りないみたい」緊急のチャイムが鳴り終わるのを待って母に言った。「だからまだ帰れないの。もう行かないと。じゃあね……」

硬い息を吐いて、携帯電話をポケットにしまった。終わった――とりあえずは。顔を上げると、ルークが処置室のベッドを照らす明かりをつけていた。

「手を貸してもらえるかい？　ドレーンの位置を修正したいんだ。今から患者を運んでくる」

「二番ベッドの？　そこならローラがいるはずです。私はもう交替時間なので」

「帰れない、と今言っていた気がするが……」

ピッパは噛《か》み締めた歯のあいだからふっと笑った。個人の耳があるとわかっても続けるしかなかった個人的な会話だ。聞き流すのが礼儀じゃないの？

しかもルークは、アルコール綿とテープを準備しながら舌打ちをした。

「えっ？」思わず二度見していた。そして少し不安になった。何を思っての舌打ちなのか。

「忙しいふりか……正直になるほうがはるかにいいと、僕は思うけど」

「だめなんです、うちの両親の場合は」

「ああ」彼は微笑んだ。「両親か」生理食塩水の入ったシリンジをトレイに加えてから、まっすぐにピッパを見る。「それなら理解できる」

彼の瞳は昔と変わらない、さまざまな色合いを持つ美しいブラウンだった。まつ毛も濃いままで、その毛をほとんど動かさずに、今はピッパを見ている。お互い何かが気になっているのだ。過去を思い出した？　それとも異性として気になった？

ピッパの場合は両方だった。

ルークの場合は、よくわからない。

「ローラに手伝うよう言ってきます」

「その必要はない」彼は小さく微笑んだ。結局のところ、それほど困ってはいなかったのだろう。

「では、私はこれで」しかし、足が言うことを聞かず、ピッパはただ彼に向き合っていた。だめだ、何か言わないと。「ミセス・ジェームズがエコー検査の結果を知りたいとおっしゃっていました」

「わかった」彼は視線を外さない。

その顔は会った場所を思い出そうとしているようにも、露骨に色目を使っているようにも見えた。

両方かもしれない！

「僕たち、前に会ったことがないか？」

ピッパは何も答えなかった。ごまかしたいのではなく、今の言葉に動揺したのだ。

気づけば影の濃い彼の顎や、ネクタイをゆるめた首元を見ていた。彼はジャケットを脱いで、袖口をまくっている。彼のまとったシトラス系の香りが、消毒薬の匂いを割って鼻をくすぐってくる。

最悪だ。ここに来てまた彼に魅了されるなんて。

ピッパが黙っているのを、彼はゲームと受け止めたようだった。「自力で考えるよ」そう言って背を向けると、器具をのせたトレイをベッドに移動させ、患者のための準備を再開した。

帰途についたピッパの心は、ショックと混乱で乗っている地下鉄に劣らず揺れていた。二駅先で降り、寒くて小さな自分のフラットに続く階段をのぼっているときにも、その感情は胸に居座りつづけた。

シャワーを浴びて部屋着に着替えると、かなり気持ちが楽になった。そこで、何年ぶりだろう……長年見ていなかったアルバムを見ようと思った。

母がジュリアの写真を全部プリントして、ほかの家族写真や学校で撮られた写真とともにピッパに渡してくれたものだ。

両親も同じアルバムを持っているが、二人はピッパと違って、毎日のように写真を見ている。

ピッパはそれを低い棚にしまい込んでいた。そばにはあるが目につきにくい場所だ。とり出そうとさっと手を伸ばした。だが、手は棚で止まり、その昔美術の授業で作った陶製のハートをつかんでいた。

そうだ、私はこんなにもルークに夢中だった。

ソファで毛布にくるまり、アルバムを開く。

ジュリアの一歳、二歳、三歳のときの誕生日だ。ぽっちゃりして健康そうだが、このときからすでに病魔に侵されていた。

ピッパが生まれた日も、姉は入院していた。

母が自慢げに言ったことがある。出産した夜は産科病棟から小児病棟まで運んでもらって、むずかる小さなジュリアのそばにいたのよ、と。生まれたばかりのピッパは一人で産科病棟にいたらしい。

ページをめくると、ビーチにいる姉妹の写真があった。ジュリアがお姉さんらしくピッパの手を握っている。さらには幼稚園の初日、小学校の初日、新しい家に移った日、新しい学校の初日……。

ああ、お姉ちゃんに会いたい。

ジュリアが注目されるのをねたまないよう母から何度も注意されて、恥じ入ったことを思い出す。

私はねたんでいたの？

そうかもしれない。ねたんだときもあったと思う。小さいころは特に。

でもたいていは、中でも姉の病状が悪化していたころは、ねたむなんて気持ちはなかった。

両親は短すぎる姉の生涯に、できる限りの思い出を詰め込んだ。テーマパークに、イルカとの水泳に、贅沢《ぜいたく》なたくさんの小旅行。そして、もう少し生きてほしいと念を込めるようにして接していた。姉は十八年間、その思いに応えつづけた。

姉はじわじわと生気を失っていった。

ダンスパーティのあとは、ルークもいつのまにか来なくなった。ジュリアが弱った自分の姿を見せたくないからだと、母から聞かされた。

本当に弱々しくて……でも、そんな見た目に反して、姉の心の強さは信じられないほどだった。

ある夜、ピッパは姉のベッドにもぐり込んだ。

「お姉ちゃんはすごいよ」その日、ジュリアはスコットランドにあるセント・アンドリューズ大学から、合格の知らせを受けとっていた。

姉が第一志望にしていた一流大学だ。心臓が弱り、肺を移植し、入退院を繰り返し、さまざまな医療処置や予約診療で時間をとられながらも、姉は勉学を何より優先していた。

大学に行けないことは自分でも気づいていたはずなのに、猛勉強して驚くべき成績を残した。

同じ立場だったら、ピッパはとうの昔に諦めていたはずだ。けれど姉は努力した。健康な女性のようにふるまい、生きることに執着し、一瞬一瞬をとても大切にした。たとえその先に未来がなくても。

「私、やりとげた……」息だけの声でジュリアが返した。「私の代わりに、あなたが見てきて」

「お姉ちゃんが自分で行かないと」

「やめて。あなたの前で元気なふりはしたくない」

「そんなこと、しなくていいよ」

そう。母がどれほど暗い会話をさせまいとしても、二人で話す時間は――本心を伝え合う時間は――姉妹だからこそいつでも見つけることができた。

「代わりに見てきてくれる?」

「そう言われても……」

ジュリアはピッパの髪をなで、ピッパの漏らした小さな不安を優しく受け止めてくれた。

「無理だよ。だってお姉ちゃんと一緒じゃないと、私はどこにも行けない」

「ピップ、私は疲れたの」〝ピップ〟と呼ぶのは姉だけだった。「疲れちゃって……息をするのもきついくらい。もう覚悟はできているわ」

「行かないで」ピッパはささやいた。

そこで大きく息を吸ったのは、母が知ったらすぐにやめさせる話題だと知っていたから。

「お姉ちゃんは怖い？」

「怖くない」そこでジュリアは言い淀《よど》んだ。「誰でも怖くなるときはあるわ。私はただ、怖がるのは明日にしようと思っているだけ。あなたは怖い？」

「ときどき怖くなる」本当は、怖いなんてものじゃなかった。「一人になりたくない」

「一人の時間はたくさんあったでしょう」ジュリアは年齢に似合わず大人びていた。「実際、いつも一人でいるじゃない」

「一人でもお姉ちゃんがいた」ピッパは言ったが、姉が両親の不平等な接し方のことを言っているのはわかっていた。姉妹のあいだではっきりと認識が共有できたのは、このときが初めてだった。

「私が心配なのはお父さんとお母さんよ。私がいなくなったらどうするんだろうって……」

内心ではピッパも不安だった。両親の心の隙間は自分では埋められない。

「お姉ちゃんを愛しつづけるわ。今までと同じよ」

そして、まさにそのとおりになった。

実家は今も姉がいたときとほとんど変わらない。姉の寝室に入れば、当時の服がそのままかけてある。対してピッパの寝室は、今や母の裁縫室だ。

あれから十四年。ピッパはシルバーのドレスを着た姉の写真を見て、きれいな顔を指でなでた。

透明感。ジュリアにはこの言葉がぴったりだ。写真の中でさえ、姉は薄れていくように見える。

ルークは違う。自信にあふれた立ち姿で、ふだん着かと思えるほどスーツが体になじんでいる。

本人は知らないが、ピッパは彼に助けられた。美術を選択したことは一生後悔しないだろう。

ジュリアが死ぬと、学校では誰も姉の話題に触れなくなり、ピッパ自身が避けられることもあった。ルークと偶然会うという妄想もできなかった。彼はもう卒業していたからだ。ピッパを癒してくれたのは、美術室のチョークと紙の匂いだけだった。

あのころもまだ、ルークは昼夜問わずピッパの意識や夢の中に現れていた。その彼が戻ってきた。現実の世界に。

彼は私のことも、一緒に過ごした貴重な時間のことも忘れていた。それで傷つくのはおかしいの？

昔からそうだ。私は人の記憶に残らない。

〝僕たち、前に会ったことがないか？〟あの質問は、遠い苦悩の日々へとピッパを一瞬で引き戻した。

愛していたのよ！　大声で言いたかった。

でも、それは十代のころの感情だ。

十代では愛のことなんて何もわからない。

美術の授業で作った小さなハートを手の中で転がした。媚茶《こびちゃ》に、カッパーブラウンに、ラセットブラウン——それらはどれも、二人で過ごした貴重な時間に記憶した彼の瞳の色だった。

ピッパは十代のころの多感な自分を笑い、ルークと交わした遠い昔の会話に、合理的な説明をつけようとした。

彼は丁寧に接しただけだ。首席の生徒らしく、年下の女生徒に親切にしてくれただけ。

同じ学校に通い、図書館で一度話したということ以外、彼とのあいだに共通の思い出などない。

彼と自分をつなげているのはジュリアだ。

それだけの関係なのだ。

3

ピッパ以外からも、ルークは注目されていた。

持ち前のカリスマ性や、浅黒い端整な顔立ちや、外科医としての腕前だけが注目されたのではない。一部スタッフをいら立たせている冷めた感じの尊大ささえ、いちばんの話題ではなかった。

彼はここプライマリー病院に、煽情《せんじょう》的な噂《うわさ》の種を持ち込んだのだ！

産休中のルイーズが彼と短期間交際していたらしいという話を、搾乳器を借りに行ったローラが助産師から聞いて、戻ってくるや話を広めた。

清掃員の中には、ルークがメディカルスクールの学生だったころに、セント・ベーダ病院の居住区域で働いていた者もいた。

オペ室専門職員のジミーも、享楽的だった過去の話を喜んで聞かせているようだ。

ピッパが翌日に面接を控えたこの日、手の空いたわずかな隙間時間にピッパがナースステーションで座っているあいだも、遅番スタッフの出勤を待っている看護師たちの話題はルークのことだった。ピッパは聞くまいと努力した。クロエにイヤーマフを借りてこようかと思ったくらいだ。

ジェニーがまだ来ない両親の代わりに小さなトビーにミルクをあげながら、セクシーな専門医についての最新情報を披露している。「彼は専門医になってすぐ、急に仕事を投げ出したみたいですよ」

「フィラデルフィアで外傷治療を学ぶことを、投げ出したとは言わないわ」ノーラが言う。「それだけの経験があれば、即戦力として、どこに行ってもすぐに雇ってもらえるはずよ」

「だけど、病院を離れた理由は別にあるんです。オペ室看護師との関係が破綻したからなんです」

「彼は誰とだって寝る人なのよ」

「それが相手は既婚者で、夫は整形外科の――」

ジェニーがさっと視線を上げた。噂の主が廊下をこちらに歩いてくるところだった。

「邪魔してすまない」ドライな口調は、自分が噂されていたと気づいていたかのようだ。「マーサが患者について相談したいそうなんだが」

マーサは小児科医だ。

「今は救急科に行っています」ノーラが答える。

「フィオナはこっちに来ているかい？」

「いいえ」これはジェニーだ。「さっきまでいたんですが、第一外科に呼び出されて」

「じゃあ、僕はここに隠れていよう」ルークはポケットから売店のサンドイッチをとり出した。

「専門医の休憩室に行かれては？」ノーラが言う。

「いい指摘ですね」ルークは頷《うなず》いたが、行かない理由は答えない。トビーを見やる。「食欲旺盛だ」

「お腹《なか》が空《す》いたのよねえ」ジェニーが赤ちゃんに語りかける。

ピッパは思わず微笑《ほほえ》んでいた。大の噂好きで、患者の親に対するもの言いが少々きついジェニーだが、子供たちはみんな彼女になついている。

ここにいるトビーもだ。発育不良ぎみで、いつもはなかなかミルクを飲まない子が、今は哺乳瓶をつかんでジェニーをうっとりと見つめている。

ノーラがオフィスに引っ込むと、ジェニーがルークを見て話しだした。

「私は十年間、軍で働いていたんです」

「小児専門？」

「ええ。二年間だけはドイツで産科に。先生はセント・ベーダ病院でしたっけ？」

しかし、新たな情報を得ようとするジェニーの試みは、トビーの父親がやってきたことで頓挫した。

彼女の口調がぶっきらぼうなものに変わる。

「お昼には授乳に来られると思っていたんですけどね。私がそばで観察できるように」

彼女は気まずそうな父親と一緒に去っていった。

「彼女、親御さんにずいぶん気さくなんだな」

ピッパはルークの皮肉を無視して事務仕事に戻った。首筋がほてってくるのがわかる。最初に言葉を交わした日から、ピッパはたびたび彼のこういう視線を感じていた。それは甘いような、落ち着かないような、今までにない感覚だった。

「君には見覚えがある。ただ、思い出せない」

「記憶に残る何かがあったんですかね？」ピッパはからかった。いや、心の傷をごまかしているだけなのかも。自分のほうは、当時の会話を正確に繰り返せるくらいはっきりと覚えているのだから。

「どこかで会ったことがあるという意味だよ、ピッパ。深い関係になっていたら覚えている」

ピッパは笑った。

「どこで会ったのか教えてくれ」

ほんの一瞬、あの図書館に意識が引き戻された。あのとき自分は、生まれて初めて人に話を聞いてもらえた気がした。価値ある存在になれた気がした。重要人物という意味ではなく、話を聞いてもらえるくらいの価値はあるのだと思えた……。

「意地悪だなあ」ピッパの沈黙を、彼は拒絶と受けとったようだ。「頼むよ、ピップ……」

「ピッパです！」〝ピップ〟と呼ぶ人間には常にこう返している。そう呼んでいいのは姉だけだ。

「そうか、僕に発語障害がなくてよかった」

不謹慎なジョークに、ピッパは不本意にも笑ってしまった。「正しく言えば、フィリッパですけど」

「正しい情報は歓迎だよ」低い声で言う。ピッパのほてった耳にだけ届くような話し方だ。

時間のむだだと言ってあげたほうがいいのだろうか。ピッパ自身は職場恋愛からいちばん遠い人間だ。スキャンダルを引っ提げてやってきた短期の代理医師となど、間違っても関わりたくない。

ただ、その代理医師はルーク・ハリスだ。その事実だけで、状況は百八十度変わる。

しかし、ジェニーとノーラが戻ってきたため、それ以上の返答はせまられずにすんだ。

「まだいたの？」相変わらずジェニーはぶしつけだ。

「ああ。ピッパとどこで会ったのか考えていた」

「ええっ、二人は知り合いだったってこと？」

「だと思うんだけどね」

「知り合いって、どんな？」

ピッパは彼を窮状から救ってやることにした。

「同じ学校に通っていたの」

「君と僕が？」ルークは目を見開いた。

「同級生だったの？」ノーラはうれしげだ。

「同級生ではなくて、学年は彼が二つ上です」

覚えていたのは変だろうか。特別な感情でもない限り、ふつうは忘れているものなのでは？ピッパはそこで、上手な言いわけを思いついた。

「最終学年で彼は首席だったんです」

「あこがれていたの？」ノーラがからかう。

ピッパは肩をすくめた。「ええ、みんなが」

「ありえないな」ルークは反論した。

「ご謙遜を」ピッパは笑顔で言うと、退院した患者の書類をしまうために立ち上がった。「今のは事実よ。あなただってわかっているはず」

「君は水泳のチームにいた？」

「いいえ」彼のほうを見た。思い出して、と瞳に力を込めながら。

名字を確認するためだろう、彼が首から下がった名札を見た。意外だ、という顔で視線を上げる。

「ウェストフォードって……ジュリアの妹？」

やっぱり。そういう思い出し方になるわよね。

ピッパはつらい気持ちを抑えて頷いた。

「お姉さんがいるの？」ノーラは混乱している。

「え、ええ」姉の死をどう話せばいいのだろう。黙っていたことをどう説明すれば？「今はいませんが」死んだ、とあからさまには言えなかった。

「ピッパ……」ノーラが立ち上がった。「知らなかったわ。つらかったでしょう」

「いえ」鼻の奥がつんとした。泣き崩れそうな自分が怖かった。

あなたのせいよ、ルーク。あなたが来たから、私はまたこんな気持ちにさせられたの。

痛みも混乱も過去に置いておきたかった。でも、姉を失った苦しみを語るくらいなら、別の痛みを口にするほうがまだ楽だ。だから去り際、ピッパは肩越しにこう言った。「ルークは姉の恋人でした」


違うんだ、つき合ってはいない。喉まで出かかった言葉をルークはのみ込んだ。今する話ではない。ピッパの顔は真っ赤で、いかにもつらそうだ。看護師仲間は誰もジュリアのことを知らなかった。秘めていた何かを、僕が引き出してしまったようだ。

ノーラとジェニーが当惑した様子で顔を見合わせ、そろってルークのほうを見た。

だが、二人の看護師にはもう何も説明するつもりはない。ルークはピッパを追って廊下を進んだ。

軽くふざけていただけだ……雑談を楽しんでいるだけだったんだ。自分に言い聞かせると、わずかに歩調が乱れた。ばかな、あれは誘惑だった。短期間しか勤務しないこの病院では、女性との関わりは避けると決めていた。それなのに、ピッパと会った瞬間に心が動いた。正確にはその前からだ。初出勤の日の朝、マフラーをたなびかせながら、夏の匂いをまとった彼女が目の前を駆け抜けたときからだ。

そう、あれは雑談などではなかった。しかも僕は、二人だけのゲームをナースステーションにまで持ち込んだ。

小児病棟に行く口実ができたときには、心が躍った。ランチを持っていくのはピッパだけが理由ではないと思い込もうとしたが、外で会えないか誘ってみたい気持ちは確かにあった。慎重な甘い駆け引きだったはずが、今となっては大事件だ。

ルークはいっとき目を閉じた。彼女の姉の名を出したのは軽率だった。ふだんの自分からは考えられない軽率さだ……。

過去の苦い経験から、何気ない言葉でも場合によっては恐ろしい悲劇につながると知っている。口は災いの元だ。人間関係を壊し、キャリアの道筋をゆがめ、複数の人生を一変させてしまう。

前にいた場所、あのセント・ベーダ病院での苦しい日々が思い出された。ルークが休憩室に入ると、どんな会話もぴたりとやんだ。ジェニーとノーラもこれからきっと同じことをするだろう。ピッパがデスクに戻ったときは……。

今回は、それがすべて自分のせいなのだ。

「ピッパ」ルークが給湯室まで追ってきた。「さっきはすまなかった」

「なんのこと？」ピッパはティーバッグに湯を注いで、飲みたくもないお茶をいれていた。飲みものはあの場から逃げるための口実だった。

「うっかりジュリアの名を出した」

「いいの。国家機密じゃないんだから」少しこぼれたお茶を拭いた。ちょっとした作業のおかげで、彼の顔を見ずにすむのはありがたかった。

「あの二人は知らないようだった」

「今まで話題に出なかっただけよ」カップを持って去ろうとした。「ほかの人はともかく、私は個人的な話を職場ではしないの」

「事情がどうあれ、僕が軽率だった。謝るよ」

ピッパは振り返って彼の目を見た。真面目で誠実さを感じる目だ。心配そうでもある。

「気にしないで」暗い声になったのが自分でもわかった。胸の痛みはまだ消えていない。

今の自分は、以前と変わらずジュリアの妹だ。図書館でのあの会話に――私が大切にしてきたあのきらきらした時間に、ルークはなんの意味も感じていなかった。思い出す様子さえない。

「申し送りがあるから、私はこれで」

「待って。古い知り合い同士、話をしないか？」

「話？」

「僕は六時に仕事が終わる」

「一緒に校歌でも歌う？」冗談を言ったつもりが重い声になり、いったん心を落ち着かせた。「何を話したいの？」少しとまどったのは、彼がいつまでも視線を外さないからだ。次は頬に触れてくるかも、と変な想像をしてしまった。

昔の妄想が復活していた。しかも色鮮やかに。かつてその色合いのすべてを正確に記憶しようとしていた彼の瞳を、ピッパはのぞき込んだ。あふれる色彩だけではない。今度の妄想には、シトラス系の香りと、わけのわからない予感までついてきた。今からルークは私のカップをとって脇に置き、体を引き寄せてキスをしながら謝罪する。

しかし、次の言葉を聞いたとたん、期待という名のふわふわした感覚はいっぺんに吹き飛んだ。

「内輪の話は、ここではちょっと……」

彼はジュリアの話がしたいのだ。ジュリアの最期の日々について……。

ルークは姉の葬儀に来なかった。あのころピッパは悲しみのどん底にいて、一目だけでも、と彼の姿を捜した。彼を近くに感じたかったのだ。のちに聞いた話によれば、彼は最終試験のあと、すぐに親元を離れていたらしい。

　ジュリアの話を求められているのだと思うと、自然と意識が過去に飛んだ。葬儀の日のことや、絶え間なくさらされた善意の質問の数々が脳裏によみがえった。両親の様子は何度もきかれた。悲劇の詳細を知ろうと、誰もがピッパを質問攻めにした。

　ピッパはすぐに完璧な答え方を身に着けた。

〝父も母も少しずつ落ち着いてきています〟

〝姉は本人の望みどおり、自宅で亡くなりました〟

〝穏やかな最期でした〟

　穏やかだったことを〝願っている〟のだとは言わなかった。余裕のない両親が学校に連絡しなかったため、ピッパは姉の最期に立ち会えていない。

　その日は朝から気分が悪かった。保健室にも行って、頭痛薬を二錠もらった。家に帰してほしいと思っていた。

　時間は遅々として進まず、ようやく帰宅して玄関の鍵をあけると、そこにはおばが立っていた。

「ピッパ……」おばに連れられ、キッチンに入った。そこで聞かされたのだ。ジュリアが朝の九時過ぎに息を引きとったことを。

「お姉ちゃんはどこ？」

　階段のほうへ走りだそうとすると、おばに止められた。ピッパがめずらしくルークのことも考えず、ずきずきする痛みとともに家へと歩いていたころ、遺体は葬儀屋の手で運び出されたという。

　この話は誰にもしなかった……父と母がソファで抱き合い、嗚咽《おえつ》を漏らしていたことも。

「ジュリアが……」母はどうにか視線を上げて、そう言った。「ジュリアが逝っちゃった」

　ピッパは一人で姉の部屋に入った。誰に責められることもなく、姉のベッドに横たわった……。

　あなたのせいよ、ルーク。あなたのせいで、忘れようとしていた過去を思い出してしまった。

顔を上げると、彼が返事を待っていた。外で姉の死について話したくはないが、ここで話すのは論外だ。だから彼の視線も、狭い給湯室に二人でいる緊張感も無視してふつうに言った。「わかったわ」

「〈エイヴリー〉はどうかな?」彼は病院に近くて料理もおいしいパブの名を出した。

「ええ」

そこなら家に戻って着替える時間がとれる。出勤用のジーンズ姿でルークに会うのは避けたい。

虚栄心もあるが、それだけではない。

大切なのは、かすかに青みがかったシャツと高級なダークスーツという彼の服装との兼ね合いだ。

前言撤回。家で退屈な服ばかりのワードローブをあさり、明日の面接で着るつもりだったグレーのしゃれたラップワンピースを手にとったのは、確かに、美しく見られたいという虚栄心からだった。

この服は着る場所を選ばない。明日そうしようと思っているように、メイクをしてハイヒールをはけば、フォーマルな雰囲気になるし、ブーツと合わせれば、一瞬でおしゃれカジュアルな印象に変わる。

今夜は後者のほうだ。

自分はもう、初めての恋にどぎまぎしていた十六歳の少女とは違う。

もうすぐ三十歳で、どちらかといえば恋愛は苦手だ。そもそもこれはデートではない。ルークはジュリアに何があったのかを知りたいだけだ。

地下鉄に揺られているうち、もう一つ、自分の中の素直な感情に気がついた。

外出は楽しい。

デートであれ、友人たちとの集まりであれ、心地よい雑音がある酒場なら、あまり話さずにすむ。避けたいのは踏み込んだ会話をすることだ。

心配ない。たとえ相手がルークでも、ピッパには完成された定型文がある。

穏やかな最期でした、とかなんとか……。

混み合った店内でも、ルークの姿はすぐ目に入った。彼の魅力をあらためて見せつけられた気がした。見たことのない赤の他人だったとしても、きっと真っ先に目に飛び込んできたはずだ。

笑みを貼りつけ、カウンターに立つ彼に近づいた。

「ちょうどよかった。何にする？」ルークが言った。

「グレープフルーツジュースを」

ピッパは店内を見まわした。満席に近いが、中央のテーブルが空いている。

「席ならラウンジにとってあるよ」ルークが手で奥を示した。「そっちのほうが静かだ」

気持ちが沈んだ。

移動したそこは、確かに静かだった。

ソファもぴかぴかの低いテーブルも、親密な会話に向いている。幸い、彼は椅子のほうに進んでいった。ピッパはコートをフックにかけてからルークの隣に座ったが、できるだけ距離を置いて、向かいに座っているような状態にした。

「こっちにいるのはひと月だけなの？」

彼が頷く。「ロンドンに戻ったのはいろいろ片づけるためだ。フラットを売ってここを去る」

「アメリカに戻るの？」

「わからない。最初の計画ではいったん仕事を離れて家の売却準備をし、そのあいだに次のことを考える予定だった。そんなとき、代理勤務の話が来た。外傷治療に力を入れている病院だから、どうしても行きたかったんだ。フラットは不動産業者に任せた。見栄えよく模様替えされているよ」

「本来あった部屋の魂が消されているのね」

ルークは笑った。「そうとも言えるな。今や部屋中クッションだらけ、ラグだらけで、歩くたびにつまずいてばかりだ」

「キッチンにはチーズボードが置かれていない？」

「よくわかったな」

「売りに出ている家を見るのが好きなの。一時期はインテリアデザイナーになりたくて――」ピッパは自分を叱った。それよりもジュリアの話だ。

いやなことはさっさとすませたほうがいい。

「ジュリアのことをききたいのよね？　穏やかな最期だったわ。本人の望みどおりに自宅で――」

「ピッパ」

ルークは話をさえぎった。唐突すぎたかもしれない。沈黙が下り、このときばかりはルークも話の接ぎ穂を失った。今夜の誘いにジュリアは関係ない。

だが、それを言うと冷たく聞こえそうだ。

「僕は君のお姉さんとデートはしていない」

「していたわ。嘘《うそ》は言わないで」

「嘘じゃない。学校のダンスパーティには連れていったが、それだけだ」

「家にも来ていたでしょう。それも何度も」

「学校を休んだ彼女に連絡事項を伝えるためさ。つき合っていたわけじゃない。ジュリアはパーティに行きたがっていて、僕は、その……」

ああ、そういうことか。ピッパは自分の間抜けさを恥じた。彼は首席だったのだ。首席ならば、いろんな役目を押しつけられて当然だ。

「姉を誘ってほしいと頼まれた？」

「エスコートできて光栄だったよ」

丁寧な返答だ。ひどく慎重で、実際には何も答えていない。知りたいのは真実なのに。

「頼まれたのね？」重ねてきくと、彼は頷いた。

その瞬間、緊張感がいっきに解けた。

二人はつき合ってはいなかった。ルークは義務を果たしていただけだった。

「私は……」内心では葛藤があった。今でも自分は姉の味方だ。姉だって同じようにルークに恋していた。「交際しているものとばかり」

「ピッパ……」座ったまま彼が身を乗り出す。背の高い彼がそうすると、距離をとっていてさえ、互いの膝や腕が触れ合った。「パーティのあとは彼女に会っていない。病院にも行かなかった」

顔が赤くなるのがわかった。くらくらするほどの安堵感《あんどかん》が、薄れるどころか強くなっていく……。

「僕は誰とも長くはつき合わない。少々冷たく関係を終わらせたりもする。だけどそんな僕でも、死に向かっている恋人を捨てたりはしない」

家で禁止されていた言葉を強い声で聞かされて、ピッパは目をしばたたいた。

「ごめんなさい」わずかに膝を引き、混乱をごまかすように飲みものに口をつけた。「私は十六歳だったの。それくらいの年頃って、まわりはみんな誰かと楽しんでいるものだと考えるじゃない？」

「わかるよ。十六歳なんて戻りたくもない」

私は戻りたい。そう思ったが黙っていた。

ピッパが十六歳になる年に、ジュリアは心臓と肺を移植した。ピッパの誕生日からクリスマスへと続く日々は最高に幸せだった。姉とショッピングに出かけて一緒にランチも食べた。おしゃれなジュエリーショップでは、指輪をいくつもはめて楽しんだ。高すぎて買えるはずもないのに。

少なくともピッパはそう思っていた。

姉にもらったシルバーの指輪に手を触れた。今もずっと小指につけている。幸せなクリスマスの思い出だ。翌年の悲劇など誰も想像していなかった。

「姉はその年の九月に死んだわ」

「僕はもう親元を離れていた。でも、亡くなったという話は人づてに聞いたよ」

「あこがれの大学から合格通知が届いたばかりだったの。セント・アンドリューズ大学よ」

合格を知ったときの姉の様子を思い出す。笑顔がきれいだった。光を失いかけていた瞳が、誇らしげにきらきらと輝いていた。

「うれしそうだったわ。第一志望だったから」

「すごいな。僕が入ったのは第二志望の大学だ。第一志望のケンブリッジに受かっていれば、父と同じ病院での実習は穏便に避けられたんだが……」

ピッパは少し笑ったが、気づけば彼は真顔だった。

「お父様とうまくいっていないの?」

「外科医としては尊敬している」

まただ。うわべだけの丁寧な返答。だが、そんな態度こそが多くを語っているとピッパは感じた。プライベートな話をするとき、ふだんのピッパなら蛇口の水漏れ程度の言葉しか発しない。だが、ルークの前だと水道管が震えだし、そして突然、水道管は破裂した。

「お父様との関係に問題があったのなら、なぜそこを選択肢に入れたの?」

「出願したころは、うまくいっていたんだ」彼はグラスを空にしたが、カウンターに行くことも、ウエイトレスを呼ぶこともしなかった。「祖父がそこの外科医で……父も……」

図書館で聞いたせりふの意味がやっとわかった。生まれる前から将来が決まっていた、と彼は言ったのだ。

「それでも本命はケンブリッジだった。点数がわずかに足りなくて失敗したが」

「それは残念」

「化学でミスをした。今でも設問は覚えている」彼は顔をしかめた。「フラグメンテーション……」

ピッパは生物で学んだ遠い記憶を引っ張り出した。

「植物の再生能力の話？」

「それは生物だ。僕が言うのは化学で……」

彼は説明を始めたが、ピッパは途中で完全についていけなくなった。

「質量分析法。開裂だよ」

「だから、そう言われてもわからないの！　化学はぜんぜんだめだったから」

「僕は好きだったな」

ピッパは笑った。「住む世界が違ったのね。私は周期表の段階で挫折したわ」

ルークが微笑む。「あの試験は今でも思い出すよ。知っているはずの答えが出ないんだ……」笑みが消えた。「集中できなかった。母の具合が悪くてね」

図書館で会ったときの充血した目を思い出した。でも、どう言及すればいいのかわからない。彼はあのときの会話を覚えてもいないのだから。

しかたなく無難なせりふを口にした。「でも、セント・ベーダは立派な病院でしょう？」

ルークは黙っている。グラスを持ち上げ、空だとわかってまた戻した。明らかに居心地が悪そうだ。

結局彼は、儀礼的な会話を再開した。「お姉さんが亡くなってから、君はどうしていた？」

「あれから十四年ね」あらためて考えてみて、ピッパは返答にとまどった。「まあ、なんとか」

「君の両親は？」

「両親は……」話すには、こんなジュースではない別の飲みものが必要だ。「元気よ」

「なぜ会うのを避けるんだ？」彼は人差し指を立てて振った。「僕は君の電話を聞いたからね」

母の電話と彼の鋭い観察眼、その両方にピッパは苦笑いした。「そうね……両親はふさいでいて、前に進めていないの。よくなる兆しも見えないわ」

「大変だな……」

「ええ、子供を亡くすというのは――」

「君のことさ」

驚いた。意外すぎてとまどった。今まで人にきかれるのはもっぱら両親のことだけだったのだ。

「職場でジュリアの話をしなかったのは？」

「それは……話題に出なかったから」肩をすくめてみせたが、彼の渋面は信じないと言っている。「あそこで働きだしてまだ短いし」

「どれくらい？」

「二年……」

「ほうら」

ピッパは笑った。

「僕がよけいなことを言ってしまったんだな」

「違うわ。あれは自然な会話だった」緊張して一呼吸置いた。「ただ、この話はしたくないだけ」

グラスは空になったし、ジュリアの話も形だけだがいちおうした。だからもう帰るのだろうと思っていると、ルークがメニューを渡してきた。

「飲みものだけじゃなかったの？」

「六時だぞ。君はどうか知らないが、僕は空腹だ。病院でも言ったが、どのみち内輪の話は病院ではしづらい」彼はそこで苦笑した。「といっても、昔の君とはまともに話したこともなかったが」

ピッパは息をのんだ。聞き流そうと思いながらも、傷ついている自分にいら立った。短い会話を忘れられたくらいで腹を立てるのはばかばかしい。わかっているのに、軽視されたと感じてしまう。

「話したことはあるわ」

「ああ、やっぱり水泳のチームにいたのか？」

「いいえ」ピッパはさみしげに笑った。「Aレベルの科目選択をあなたが手伝ってくれたの」

ルークの眉間に皺《しわ》が寄った。ピッパにとってはかけがえのない、そして彼にとっては明らかに意味のない過去の断片を、なんとか思い出そうとしている。

胸が苦しかった。本当の痛みと錯覚するほどに。

「私たち、図書館で話したの……」

ルークはかぶりを振った。

「あなたがジュリアを誘った——じゃなくて、誘うように頼まれた日のことよ」

ルークは眉根を寄せた。遠い記憶がちらついて、つかめそうでつかめない。ジュリアをダンスパーティに誘う気はなかった。ルーク自身、参加したくもなかった。勉強するほうがましだと思っていた。しかし、その日は完全に別の理由から、ダンスパーティのことなど考えられなくなっていた。

父の不倫現場を見てしまったのだ。

大事な試験を二週間後に控えたその日、ルークは忘れていた水着をとりに自習時間に帰宅し、そこで完璧とは言いがたい父の姿を目の当たりにした。

「そいつを追い出せよ！」ルークはどなった。女性が出ていくと、父にきいた。「誰なんだ？」

「気にするな。たいした問題じゃない」

怒りがふつふつとわき上がった。そこから激しい口論となり、手が出る寸前にまでエスカレートした。

「父さんはすべてを手に入れている。なんでそれを丸ごと捨てられるんだ？」

「何も捨てるつもりはない」父のマシューはなだめるような口調で言った。「おまえはわかっていないんだ……。母さんに言う必要はないからな」

「だめだ。父さんが黙っているなら、僕が話す」スポーツバッグをつかんで学校まで走った。

予想どおり、父は母に話さなかった。

なんにでもアバウトで少し抜けたかわいさのある母は、ルークが帰宅すると満面の笑みで出迎えた。

「おかえりなさい」母はルークにキスをした。「ジュリアに電話してあげてね。宿題があるのはわかるけど、これ以上先延ばしにはできないわ」

言われてルークは電話をしたが、そのあいだもいらいらはおさまらなかった。裏切りの事実もだが、家に愛人を連れ込んだことが許せなかった。

「すねた顔をしないの、ルーク」母がたしなめた。「ジュリアにも何か楽しみが必要でしょう」

母が居間に引っ込むと、ルークは父に向き合った。

「散歩に出てくる。戻ってもまだ母さんに話していなければ、僕が話す」

まさか、あんなことになるとは思わなかった。戻ると敷地内で青い光が点滅していた。母が担架で運び出されるところだった。

母がそこまでの依存体質だったとは理解できなかった。今でも理解できない。

そのときに結婚はしないと決めた。仕事以外で自分に依存する人間は作らない、ということも。

当時のことは思い出したくない。とりわけ月曜の夜の〈エイヴリー〉では。だからルークはピッパを見つめた。


「覚えていないな。そうだ、ワインは飲む？」

「ええ」即座に答えが返ってきた。

「赤？　白？　シャンパンでもいいな。せっかく再会したんだから」

片方が忘れているのに何が再会よ。ピッパはそう思ったが、それを言ってもむなしいだけだ。

そういえば……。「ところで、内輪の話って？」

「うん、今日僕が専門医の休憩室で食事をしなかったのは、君が理由なんだ」

ピッパは動揺し、どういう意味かと思考をめぐらせながら、ひたすらメニューをにらみつづけた。

「だからこの店を提案した。僕たちのあいだに何かあると噂になったら、君だっていやだろう」

「何もないでしょう」声が尖《とが》った。「絶対にない？」

直球でこられると否定しづらい。「いえ……」

「よろしい。で、料理は決めた？」

今の話のあとに料理を選べと？

「鶏肉《とりにく》のプロヴァンス風煮込み」

「僕なら、ここでそれは選ばない」

「前に食べたことがあるの？」

「いいや。でも、フランス料理なら気位の高いフランス人シェフに作ってもらう。うちの近くに一軒あるんだ。ウエイターもウエイトレスもフランス語しか話さない。こっちが頑張って意思疎通をはかっても、理解できない顔をされる。苦行だ」

「大変そう」

「だが、それだけの価値はある」

「じゃあ、私はギリシャ風ラム肉のサラダにする。本家でなくても気にしないわ」

ルークはステーキとサラダを選んだ。ポテトはつけない。そして赤ワインをボトルで頼んだ。

「フィラデルフィアはよかった」仕事の話になると、彼は言った。「あんなに美しい都市はないね」

「アメリカには行ったことがないの。いつかは行きたいと思っているんだけど。コロラドとか」

「フィラデルフィアもリストに入れてくれ」

「前からアメリカで勉強する計画だったの？」

「いや」ルークは二人のグラスにワインを満たした。「イギリスには外傷外科医になる明確なルートがなくてね。資格をとるためにはアメリカか南アフリカへ行く必要があった」

「怪我《けが》する人はこっちにもたくさんいるのに」

「まったくだ！　いずれ国内で専門職を作る動きが始まるときには、僕はもう準備万端ってわけさ」

例のごとくわずかな傲慢さをのぞかせて彼が微笑み、ピッパは膝の力が抜けるのを感じた。

「代理勤務の期間が過ぎたら休暇をとって、アウターヘブリディーズ諸島に行くつもりだ。スコットランドの冬を見たいんだ。当然、怪我人は診ない」

「そう言いながら、ヘリや船での救急活動でもするんでしょう」

それはない、とルークは言いかけた。スコットランド行きは仕事のためでも、クリスマスに両親と幸せな家族を演じる苦行から逃れるためでもない。

仕事から離れた休暇がどうしても必要なのだ。ひどい外傷患者を診るのは、それなりにきつい。わかってはいたのだが、最近は悪い結果を伝えたり、患者の家族が目の前で泣き崩れたりするたびに考えてしまう。患者は治療を頑張れるだろうか、苦しい闘いを家族は乗り越えられるだろうかと。

こんな話は誰にもしたことがない。今話して食事の場をしらけさせるつもりもなかった。

ルークはそこで、柔らかく波打つピッパの褐色の髪を見た。ルークの好みはすらりとしたブロンドの女性だったが、ピッパと会って、今はその好みが変わりつつある。今日のワンピースだと柔らかな曲線美がよくわかる。すぐに赤く染まる白い肌が、警戒ぎみな緑色の瞳より多くの情報を伝えてくれる。

もっと知りたい。彼女には自立した印象がある。その上独特な落ち着きも感じられて、全体的になんともいえない魅力となっているのだ。

料理が運ばれてきた。サラダの代わりにポテトがついてきたが、まあいいかと礼を言って受けとった。

「ロンドンを出たらさみしくならない?」

「ならない。いや、ここでの暮らしが楽しくないわけじゃないよ」ピッパを見据えた。「今だって」

ルークは自分たちのことを言っている。

今、この場所のことを言っている。

彼と姉に関する真実はわかった。もう我慢しなくていいんだとピッパは思った。今を楽しんでもいい。唇へと下りてくる彼の視線にときめいてもいい。

私が何を感じようと、ルークにとってここは通過地点でしかない。正確に言うなら、ここから立ち去れるよう、片づけをしている最中だ。

「こっちにも拠点はあったほうがいいんじゃない？　フラットを借りたままにはできないの？」

「拠点なんて必要ない」

「だけど、あなたの家族が——ああ、ごめんなさい、よけいなお世話だったわね」

ルークは家族の話をしない。したとしても最低限の、表面的な話にとどめるよう心がけてきた。家族間でさえ、家族の話は避けている。

もう以前とは違う。

〝ルーク、あなたって人は〟二年前の母の言葉だ。母は手術室の全スタッフを知っていた。セント・ベーダ病院で何が起きたのかも知っていた。妹のアンナはそこの救急科のスタッフだった。問題が表沙汰になって、ショーナの夫が休職したとき、母のハンナ・ハリスは恐ろしい形相で、しかしその目に涙を浮かべながら息子を見上げてきた。

〝父親が父親なら、息子も息子ね〟

ルークがアメリカに行き、こうして戻ってきた今は、すべてが忘れ去られたように見える。

だが、父の不貞は今でも許せない。

「いいんだ」謝るピッパにそう返した。「君と同じだよ。僕もできれば家族の話はしたくない」

微笑む彼を見て、反射的にみぞおちが騒いだ。

「ポテト、食べていいよ」彼が話題を変えて、ピッパのほうに皿を押しやってくる。

つい笑みが漏れた。それはふだんの笑みとは違っていた。左右に引いたり尖らせたりするときの上唇の感覚がいつもと違う。たぶんこれは、〈エイヴリー〉でルークといい雰囲気になっているから出てきた笑みなのだ。

自分は男性といちゃつくタイプではない。

それなのにここでは、食べかけの皿を押しやって、ルークにオリーブを勧めている。というより、ふだんは自分の食事を人に分けたりしない。人と何かを分かち合うことがない。考えも、感情も……。

彼といると、おかしなことだらけだ。

会話が弾み、ピッパは今いる場所から二駅先にある狭いフラットについても話題にしていた。

「そこでルームシェアを？」

「まさか。そういう時期はとうに過ぎました」

「君はいくつなんだ？」

「二十九よ。ルームシェアは大学時代にこりたわ。あなたのフラットは売りに出ているの？」

「ああ、今日のところは。早く売れてほしいよ。こっちに長居はしたくない」

「ふつうはロンドンに逃げてくるものじゃない？」

「逃げるなんて誰が言ったんだ？」

「誰も。私……その……」

「もしかして、噂を聞いたのか？」

「聞かないように努力はしているのよ……」顔が熱い。「自分が噂されるのだっていやだもの」

「君が？」彼は目を丸くした。「話してくれ！」

「職場で私生活の話をしないから、不感症じゃないかとか……レズビアンだとか……」

「面白い推測だな。どっちも違うと僕が証明してやりたいね……」

気どった笑みを見せられ、ピッパは笑った。

「僕については何を聞いた？」

「行く先々で女性を泣かせていると」

「間違いだ。僕は誰とも深くは関わらない。最初からそう言っているから、相手が傷つくこともない」

ピッパの表情が晴れないのを見て察したのだろう、彼は続けた。

「既婚者の女性の話なら嘘だ。一つ理由をあげるなら、僕は他人の関係に割って入ったりはしない」

「ほかの理由は？」

「不倫は大嫌いだ」

「よくわかったわ」ワインに口をつけた。

「君は誰かとつき合っているのか？」

単純な質問に不意を突かれ、ピッパは口元にグラスを当てたまま考えた。どう答えるかは重要だ。

イエスと答えたい。それが真っ赤な嘘であっても。さっきの彼の発言からして、イエスと返事をすればライオンを檻《おり》に閉じ込めておける。

そして、互いに別々の道を進むことになる……。

よし。ワインを飲んで心を決めた。

こぼれたのは、思いを裏切る言葉だった。

「いいえ。つき合っている人はいないわ。つき合っても、不器用で長く続かないの」

視線がからまった。彼の瞳には病院で初めて会った日に見たのと同じ輝きがあった。今ならそれが欲望だとわかる。ひょっとして、とピッパは考えた。今の言葉で、私は軽い火遊びを望んでいるような印象を与えてしまったのかもしれない。

言いたかったのは、不器用でうまくはいかないけれど、最初はいつも期待してつき合っているということだ。次こそうまくいく……次こそ殻を破って、素の自分のままでつき合えると。

でも、だめだった。真剣な雰囲気になると、いつも身構えてしまう。近い距離感はどうしても苦手だ。心を開いて他人を迎え入れることはもちろん、自分で自分の感情に向き合うことさえいやだと思う。

ラストオーダーの声を聞き、ピッパは時計を見て驚いた。時間があっという間に過ぎていた。

「ちょっとごめんなさい」

トイレに逃げ込むとほっとした。鏡の前に立って、ふうっと息を吐く。

ルークと姉の件に関して、ピッパはずっと十代のときの感情から抜け出せずにいた。両親はいまだに二人の関係を信じているが、それが間違いだとわかった今、ピッパの心は晴れ晴れとしていた。

ルークのことは今でも好きだ。でも、好きの意味が少し違う。無垢《むく》で純真だった十四年前は、シルバーのドレスを着て彼に抱きかかえられる自分を想像していた……そして、キスも……。

今はそれだけではすまないとわかっている。

ルークがロンドンにいるのはひと月だけだ。彼ははっきりとそう言った。つまりこの関係に未来はない。彼は遊び人であってパートナーではない。

だが、ライオンを檻に閉じ込めたところで解決はしない。問題はむしろ、外に出たいと爪を出しているピッパの中の雌ライオンのほうだ……。

情熱的な恋を経験したいと思う。そのあとで、ルークへの思いをきれいに断ち切りたい。

真面目な自分にできるだろうか……。

ジュリアのことを思った。ここから電話して相談できたらいいのに。

だけど、とピッパは気がついた。姉が人生をどうとらえていたのか、自分はもう知っている。

姉は終わりなど来ないかのように毎日を生きた。

大学には行けないと知りながら、オールAの成績をとった姉。姉にできたのなら、私にだって……。

姉は生きることを諦めず、機会を与えられればなんでもした。にこにこ笑って、なんの心配もないみたいな顔で、もうすぐ終わると知りながら、人生の楽しみを最後の最後まで享受した。

姉は約束された未来のないまま一生を終えた。それを思えば、ひと月なんてきっと楽勝だ。

ジュリアにできたのなら……。

「あなたにもできる」鏡の中の自分に言った。

実際にはもうひと月もない。テーブルに戻りながら心の中で訂正した。ルークがプライマリー病院に来て、もう丸一週間たつのだから。

テーブルは片づけられ、会計もすんでいた……。

「出ようか？」彼の言葉にピッパは頷いた。

パブにいるあいだに雨が降りだしたようだった。車やバスのヘッドライトが光跡を描き、街灯の光が大粒の雨を浮き上がらせている。庇《ひさし》の下でルークと顔を見合わせた。

「ごちそうさま。今夜は楽しかったわ」

「まだ終わりじゃないよ」

彼の両手が頬に触れ、柔らかい唇がキスをしてきた……本当にゆっくりと、時間をかけて。

するりと入ってきた舌に軽く刺激されると、今までとは違う、別の種類の空腹感が襲ってきた。

このまま夢を終わらせたくはない。

今はまだ……。

姉のことを思った。何も恐れず、目標を持って一生懸命に生きた姉。

思い出すと勇気がわいた。

キスが終わっても、彼の両手はピッパの頬に添えられたままだった。

「楽しい一カ月にしよう、ピッパ……」

一カ月、か。

始まったばかりの関係なのに、わざわざ一カ月と口に出す。彼の言い方には反感を覚えてもおかしくないのに、実際には期待感でぞくぞくした。

お互い守れない約束はしない。

おかしな期待はいだかない。

あるのは自分の夢を現実にする機会だけ。

こんな関係なら、私が心を閉ざしていても、それで口論になることはない。

気が大きくなったピッパは妖艶な気分になり、自分の中の雌ライオンを解放した。

「ねえ、あなたのフラットを見せてくれない？」

4

雨に濡《ぬ》れたロンドンは、どこを見ても磨き上げられたかのように艶やかだった。

「わかりました」目的地を告げたルークにタクシー運転手が言った。「さっきは嵐のような雨でしたね。信号が全部消えてしまって……」

自分も街同様に輝いている、とピッパは思った。そして、ルークが手や膝でそっと押したり突いたりしてくるたびに笑っていた。というのも、この運転手がとんでもない話好きだったからだ。

車はセント・ベーダ病院の前を過ぎた。並んだアーチが美しい由緒ある立派な病院だ。そこから細い石畳の道に入って車は止まった。彼のフラットは病院のすぐ近くにあった。今までの人生の大半を彼はそこで過ごしている。その暮らしをあっさり捨てられたことが、ピッパは不思議だった。

なぜなの？

嘘《うそ》だと言いきった噂《うわさ》から、なぜ逃げたりするの？　自信に満ちたルークからは想像しがたい行動だ。彼はピッパを連れて重厚な入り口へとステップを上がっていく。彼の手でドアがあけられると、ピッパは並んでいる呼び鈴に目をやった。ＬＨと書かれた呼び鈴がずっと上のほうにあった。

「のぼりはきついよ」ルークが警告してくれる。

壮麗な石造りの螺旋《らせん》階段は手すりもぴかぴかで、はるか頭上には息をのむようなドーム型の天窓があった。真上を向いていると不意に体をつかまれ、喉元にキスをされた。キスは唇へと移り、そのままピッパは壁際まで誘導された。

「楽しい一カ月にしよう」彼は再びそう言うと、ピッパの髪を上げて首の横にキスをしてきた。

「もう三週間しかないわ」声がかすれた。

「今までは楽しくなかった?」

「楽しかった……」

「だったら、やっぱり一カ月だ」

　足音が聞こえ、互いに礼儀正しく身を引いた。通りすぎる女性にルークが笑顔で会釈する。女性はかわいいダックスフントの子犬を連れていた。

「こんばんは、ルーク」

「こんばんは」女性がドアをあけて外に出ていくと、ルークが呆《あき》れ顔で言った。「今の彼女、子犬をソーセージって呼んでいるんだ。信じられるか?」

「かわいいじゃない。それより、彼女が戻ってくる前に早く上がりましょう」

　競い合うように階段を駆けた。競うといっても、つないだ手は離さない。お互いもう、相手の肌に触れずにはいられなくなっていた。

　誰かとつき合って初めて寝るというときに、こんなに冷静なのは初めてだ。

ルークが大きなドアをあけた。キスをしながら中に入るや、彼は自分のコートを脱ぎ、それからゆっくりとピッパのコートを脱がせていった。

　互いの服を脱がせるあいだも、彼が降らせるキスの雨で、息をするのもままならなかった。

　ざらざらした顎の無精髭《ひげ》、探るように動く彼の舌。彼はキスのリズムを変えながら、絶え間なく欲求を伝えてきた。もつれた体が硬い床にくずおれた。

　ピッパも懸命にキスを返した。自分にこんな激しさがあるなんて知らなかった。彼がワンピースの前を開き、薄手のタイツに手をかける。その手から伝わってくるもどかしさに同調して腰を浮かせた。タイツと下着を引き下ろしたのはピッパ自身で、そのあいだに彼が避妊具を装着した。ピッパはブーツも脱ごうとしたが、一刻も早く肌を合わせたい今は、そんなことさえむずかしかった。

「うっ！」彼のみぞおちにピッパの閉じた両膝がめり込んだが、お互い気にもしなかった。

「そうよ……」声が漏れたのは、彼がピッパを上にして体をつなげたときだった。「ああ……」

自分は女性版の早漏なのだとピッパは思った。体はもう急速にのぼりつめている。それでも構わなかった。ルークが同じなのはわかっていたからだ。ルークの胸に両手を置いて、達する彼の姿をじっくりと目で堪能した。ピッパはというと、片方の胸がはだけ、太腿には投げ縄のようにタイツがまとわりついていた。そして彼はまだピッパの中だ……。

あえぐような呼吸になった。自分がこんなに敏感に反応するなんて驚きだった。ほてった頬に彼の手を感じながら、大きく息を吸おうとした。

「ベッドに行こう」ルークが言った。まだまだこれからだ、とその声は告げていた。

5

「おはよう」携帯電話の目覚ましが鳴り、ルークが気だるげに言った。急な呼び出しで慣れているのだろう、もう体を起こしている。「今日は仕事？」

「いいえ」ピッパも目をあけようとしたが、コンタクトレンズをつけたままだったと気がついて、さっと目を閉じた。「次の出勤は明日よ」

「じゃあ、ゆっくりできるな」彼はベッドから出た。

「ああ……でも、今日は――」

午前中の面接について話すのは思いとどまった。この面接には人生がかかっている。

看護師としてどうしてもやりたい仕事だ。話そうと思ったことはあった。賢い彼の意見が聞きたかったから。プレイボーイを自称する短期間の遊び相手を賢いと思うのもおかしいけれど。

でも彼は、誰とも深くは関わらないと言っていた。この話題はまさに〝深い関わり〟を作るものだ。面接の話をすれば、姉に言及するのは避けられない。泣かずに話せる自信がない。

朝の六時、初めて二人で迎えた朝に泣き顔はふさわしくない。

「今日は、何？」ルークがあくびをした。

「行くところがあるの」

むずがゆい目をあけて、焦点の合わない視界に歯《は》噛《が》みした。裸のルークがあくびをしながら伸びをする姿を見逃すなんて！

「軍にいたことはある？」ピッパはたずねた。

「ないけど――どうして？」

「あっという間に起きていたから」

「今日は七時から回診なんだ。コーヒーは？」

「飲みたい」ピッパが言うと、彼は腰にタオルを巻いて居間に入っていった。「砂糖を二つと、ミルクもお願い！」魅力的な背中に声をかけた。

ピッパはそこで起き上がり、ヘッドボードにかかっていた小さめの毛布をとって裸の肩をくるんだ。ルークの世界が見えてきて、目をしばたたく。

くしゃくしゃのベッド。ゆうべは気づかなかったがシーツも枕も濃紺だ。艶やかな硬材の床は、その美しさが多くのラグで隠されている。天井はとても高いのに、照明が現代的だから、壁との境にある装飾や、天井中央の丸い凝った飾りがまったく映えない。美しい暖炉は放置され、その上方にオックスフォード通りを走る二台のバスの大きな絵が飾られている。これを寝室に飾る意味がわからない。

「ひどいだろう？」二つのカップを持ってルークが戻ってきた。「不動産屋がやったんだ。壁の凸凹を隠すためにに。居間の壁は見たかい？」

「そこまで見なかったわ」ピッパは笑った。「壁を覆うより暖炉を飾ったほうがいいんじゃないかしら。照明はシャンデリアにするとすてきだと思う」

「寝室にか？」

「小さいものでいいの」カップを受けとった。

「悪い、ミルクは置いていないんだ」

「気にしないで。このフラットは冷えるのね」

「今暖房をつけたが、暖かくなるまで時間がかかる。あとは一日中つけっぱなしだ」

「どうして？」

「ここを買ってくれるかもしれない客のためさ」彼はため息をついた。「僕の考えじゃない。君のかけているその毛布も、ただの飾りだ」

「そうだったの？」コーヒーを一口飲んで鼻に皺《しわ》を寄せ、そばのテーブルにカップを置いた。帰りにお気に入りのコーヒーショップに寄るとしよう。

「シャワーは使うかい？　僕は今から使うが」

一緒にどうかな、と笑顔が誘ってきたが、ゆうべのような度胸のよさはもう残っていない。

「シャワーは家で浴びるわ」

「それは残念」

ピッパは唇を噛んだ。次はいつ会えるかききたかったけれど、面倒な女だと思われそうだ。

服を着て、予備に持ち歩いている新しいコンタクトレンズを装着していると、彼が出てきた。

「いつもはつけたまま眠ったりしないのよ」彼が急いで拭いている濡《ぬ》れた大柄な体は、あえて見ないようにした。「もう行くわね」

「ピッパ！」彼が呼び止めた。「これから何日かは夜も待機だ。時間がとれなくて、あまり一緒にはいられないかもしれない」

「そう、わかった」

「ピップ、電話番号を教えてくれ」

また〝ピップ〟と呼んだ。彼はピッパの口元がこわばったことにも気づかず、携帯電話をとり出した。

電話番号も教えていない男性と寝てしまったなんて、考えてみれば驚きでしかない。

でもこれは、自分で納得して始めたゲームだ。


ピッパはノーラの模擬面接の申し出を断ったことを悔やんだ。始まった面接は順調にはいかなかった。

ピッパの前には三人の面接官がいた。

「フィリッパね?」

「ピッパ・ウェストフォードです」そうそうたる顔ぶれの三人と握手をした。

一人はミス・ブレット。ホスピス施設の主任だった人で、ピッパも一時期そこにいたのだが、むこうは忘れているようだ。最初に訂正したのに、ずっとフィリッパと呼びつづけている。

面接で着るはずだったグレーのワンピースがクリーニング行きになったため、今日は濃紺のスーツにローヒールを合わせた。広がりがちな髪はまっすぐに伸ばしてアップにまとめた。

面接も最初のうちはまあ……よかった。ピッパには仮定の状況が提示された。患者は薬剤を過剰摂取した拒食症の十三歳の子供。深刻な症状が出ているため精神科、もしくは今度できる摂食障害ユニットでは受け入れられないという設定だった。

調子が崩れたのはここからだ。

スタッフ間での意見の相違があったら、という想定外の問いを投げかけられたのだ。

「私は常に両方の意見を聞くようにしています」

「でも、ユニット師長がどっちつかずというわけにはいかないわね」ミス・ブレットが指摘した。「PACユニットでのあなたの強みは何かしら?」

「私はいろいろな分野で働いてきました。腫瘍内科、ホスピス、腎臓疾患ユニットでも」

「そうだね……君はかなりいろいろと渡り歩いてい

る」中の一人が厳しい視線を向けてきた。

事実だった。あっちで一年、こっちで一年半、そしてプライマリーに来てからは二年だ……。

「ここでの仕事には満足しています。ただ……」言葉は先細りになった。応募を決めたときは理詰めで考えられたのに、ルークが来てからはぜんぜんだめだ。古傷がうずきだしている。かといって、面接中に絆創膏《ばんそうこう》をはがして生々しい感情をあらわにするわけにはいかない。「私の経験は、範囲は広いですが、どれもPACユニットで役立てられます」

「今後のあなたの目標は?」

その質問なら準備してきた!

「最終的にはもっと上の役職に就きたいと考えています。ですが――」

「PACユニットでの目標よ」ミス・ブレットが制止した。質問の意味をとり違えていたようだ。「PACユニットでのあなたのゴールは?」

そこからはもう、しどろもどろだった。大失敗だと自覚しながらも、最後はにこやかに握手をして、感謝の言葉で締めくくった。

帰りの廊下でノーラに会った。

「ぜんぜんだめでした」

「元気を出して。大丈夫、誰にも言わないわ」

それは嘘《うそ》だ、ととっさに思った。

この日は終日、気が滅入《めい》ることばかりだった。ルークはメッセージもくれなかった。じっと連絡を待つよりいいと、最後は実家にも行った。先延ばしにしていたからしかたがない。

「やっと来てくれたのね」娘を迎えるなり、母は言った。「最後にお墓参りに行ってから、どれだけたったと思っているの?」

「今週中には頑張って行けるようにするわ」コートを脱ぎながら答えた。「ただいま、お父さん」父にキスをした。「無理なら、私の誕生日に行く」

「何週間も先じゃない」

「二週間後よ。その日は早番だから」両親が誕生日に何か計画しているかも、と思って言い添えた。

ああ。ピッパは内心で顔をしかめた。計画なんてするはずがないわね。

誕生日の話題はタブーだ。クリスマスも、我が家ではいまだに涙とセットになっている。

ルークのことは考えまいとしていたが、暖炉に目をやると、ジュリアと彼の写真が見返してきた。

「今ね、びっくりする人がうちの病院にいるの」

「誰？」母がたずねる。

答えようとしたとき写真が目に入り、言えば両親を悲しませてしまうと思い至った。「ミス・ブレット。前にホスピスで一緒だった人」

母はぽかんとしている。

「ホスピスの主任だったけど、今はうちの病院の重鎮なの。今日の面接は、その人が面接官だったわ」

「そう」

両親との会話はプリンターで〝印刷〟のボタンを押すようなものだった。押しても電源が入っていないか紙切れなのは、最初からわかっている。

面接の首尾はきいてこない。当然ながら、なんの面接なのか興味を持った様子もない。

絵画教室の日という辞去の言いわけがあったのは幸いだった。家を出てスタジオに着いたときには、いつもながら肩の力がすっと抜けた。

その昔、学校の美術室がそうだったように。

今夜は自由制作で、気づけば油絵の具を混ぜて、すぐに夢中で描きだしていた。

「それは何？」教師のキャシーがたずねた。

「光の筋です」ピッパはゆうべのできごとを思い返していた。濡れた通りに反射する車のライト、冒険に足を踏み出したときのあの感覚。「でも、イメージがうまくつかめなくて……」

つかめないのはルークという男性も同じだ。

夢を見てはいけない。彼を引き止めようと考えてはいけない。それはわかっている。

彼と寝たことを後悔はしていない。ただ、大胆で明るいゆうべの自分は別人だった。

自分は本来、生真面目な人間だ。

だけどゆうべは楽しくて、なんというか、生まれて初めて喜びの片鱗《へんりん》を見つけたような気がした。できれば、もう少し経験してみたい……。

キャシーの助言を受けながら描きすすめていくと、少しずつ絵が生き生きと立ち上がってきた。

「楽しんでね」教師は次の生徒のところへ行った。

ピッパは自分の描いた光の帯を見つめ、満足してほっと息をつくと、キャシーの言葉を脳内で再生した。ただし、ルークを思いながら。

〝楽しんでね……〟

6

翌朝、目覚めたピッパはいら立っていた。ルークのことを考えるだけならまだしも、ゆうべは夢にまで見てしまったのだ。

まったく自分らしくない。

セクシーな夢ではなかった。朝の地下鉄の中でも考えたが、内容は覚えていない。ただ、四六時中誰かに脳内を占領されるなんて初めての経験だった。

ゆうべは絵を描いて気が晴れたが、軽薄な火遊びを続けられるのか、今はまた不安になっている。

〝楽しむ〟のは問題はない。ただ、楽しんでも心を無傷のまま守りきる努力は必要だ。

いつものコーヒーショップに寄り、コーヒーを待つあいだ、バリスタのロハンとおしゃべりをした。

「ディワリだからゆうべは川辺にキッチンカーを出したんですよ」ミルクたっぷりのコーヒーをいれながらロハンが話す。「ほら、光のフェスティバル」

「職場で聞いたわ。私も行ってみなくちゃ」

「ぜひ行ってください」彼はカップに蓋をした。

「今夜は巨大観覧車がランゴリというインドの伝統的な絵のイメージにライトアップされるんです」

「すてき。絶対に行くわ！」カップを受けとって病院まで走った。遅刻だけはしたくない。

病院の増築部分からはあえて目をそらした。昨日の面接の失敗が尾を引いていた。小児病棟も新しい建物に移るが、ピッパが働きたいのはＰＡＣユニットだ。その機会を自分でつぶしてしまった。

ああもう、どうしてノーラに準備を手伝ってもらわなかったのだろう。

廊下を進んでいると、ルークの声がした。

彼は青い医療用スクラブを着て、手術用の帽子をかぶっていた。はっとするほどセクシーだ。

「ゆうべは何をしていた？」彼がたずねる。

「絵画教室に行ったわ。といっても、実際は教室というほどたいしたものじゃないの。毎週開かれる、お酒を飲みながらの楽しいお絵描きの会、みたいな……」彼が眉根を寄せたが、説明している時間はなかった。「じゃあ、もう遅れそうだから……」

「コーヒーを買う余裕はあったんだな」

「〝いつもの〟で通じるのよ。ミルクだってちゃんと入っているし」我慢できずにからかった。

意外にも反応がない。「それ、もらっても？」

「だめよ」

「冗談抜きで……くたくたなんだ。回診をすませたら寝る。明日まで眠りたいよ」

「忙しい夜だったの？」

「ああ」詳しい説明は聞けなかった。彼のポケベルが鳴ったからだ。同時に頭上でチャイムも鳴った。

外傷チームが救急科に呼ばれている。「くそっ」ポケベルを見て彼が言う。「もうすぐ複数の重傷患者が運ばれてくる」

「どうぞ」ピッパは大切なコーヒーを差し出すと、そんなことをする自分に呆《あき》れながら、カップを持って駆けていくルークの背中を見送った。

正直、彼でなければ渡さなかった。

小児病棟に行くと、ジェニーがいきなり声をかけてきた。「ＰＡＣのユニット師長のポジションに応募したんですって？」

ノーラだ。ピッパは今日二度目の呆れ顔をして、おいしくないインスタントコーヒーをいれるために給湯室へ向かった。朝のコーヒーを手放した自分が信じられなかった。たとえ相手がルークでも。

ピッパからコーヒーをもらえて助かった。ぬるくてやたらと甘く、いつも飲む濃いブラックコーヒーとは別ものだったが、長い夜のあと、しかもまだ終わる気配すらない現状では、これが飲めるだけで大違いだった。次々入るアラートによれば、どうやら大きな交通事故が起きたらしい。

フィオナが息を切らして駆けてきた。救急科の看護師長であるメイが、ちょうど現場からの最新情報を伝えているところだ。

事故は幹線道路Ａ４で起きた。ここより近い病院もあるが、一部の負傷者はヘリや救急車でプライマリー病院まで搬送されている。外傷治療の設備が充分で、広いエリアをカバーしているからだ。

「負傷者は全部で八人。うちで三人を受け入れます。一人目は胸部外傷。ヘリが八分で当院まで搬送し、ジーノ先生がすでに対応しています」

複数のチームがすでにヘリパッドにいた。ジーノはベテラン外科医で、その負傷者はこれから彼が担当する。実際に運ばれてきた青年は、しかし、見るからにひどいありさまだった。

「君も行って」ルークはフィオナに告げた。スタッフが足りないのは事実だが、それでなくても経験を積ませることは重要だ。そのとき、ルークの助手であるデイヴィッドが到着した。

二人目の負傷者が運ばれてきた。子供たちの名前を叫んでいる。股関節脱臼と、見たところ、下腿骨《かたい》がぽっきり折れている。

救急チームが彼女を引きとったところで、メイがコーヒーを飲み干したばかりのルークを見て言った。

「四歳の男児、多発外傷、意識不明。あと五分で到着。私が行ってきます」

ルークが薬剤のチェックを始め、麻酔医のレミがあらゆる可能性を考えて、さまざまなサイズの気管チューブを選び出していく。

小さい。運ばれてきた子供を見て、ルークはまずそう思った。すでに気道確保はされている。

「ダーシーです！」救急隊が明瞭に名前を発音した理由はすぐにわかった。「一卵性双生児です」

もう一人についてはあえてきかなかった。今は目の前の患者に集中しよう。

「四歳ですか？」年齢で薬剤の投与量も変わる。

「いえ、先週五歳になったそうです」

そこで、偶然事故現場に居合わせたという医師が、その場で施した救命処置について説明した。

子供のパジャマは切り裂かれ、やせた体とふくれた腹部が見えていた。手を触れてそっと叩《たた》いてみると、液体がたまっている鈍い音がした。現場で気道に入れられたチューブに問題がないことを麻酔医が確認したあとは、ルークが子供の体を慎重に動かして全身を調べた。

「CTはすぐに使えますか？」メイに向かって言った。「別の患者が使っているなら……」

「いえ、空きました」メイがつらそうな顔をする。フィオナが戻って補佐に加わった。どうやら、さっきの青年は亡くなったらしい。すぐにCT検査が行われたが、どの画像を見ても頭部に深刻な損傷がないのは幸いだった。しかし胴体に鈍的外傷があり、脾臓《ひぞう》が破裂していて腎臓にも損傷が見られる。すぐに手術が必要だ。

「上に運びましょう」見れば、メイも書類と携帯電話を持ってそばに来ていた。「救急科で処置を受けている女性は母親ですか？」ルークはきいた。

「ええ、興奮していたので鎮静剤を投与したようです」廊下を足早に歩きながらメイが説明する。

「父親は？」

「空港からこっちに向かっています」

「電話でつかまえられますか？」

「もうつながっています――ミスター・ウィリアムズ」メイはまず父親に状況を説明し、念のためだろう、ルークを見て言った。「一卵性双生児です」

「わかっています」

「身体的特徴を確認してください。とり違えがないように。現場にいた母親はひどい興奮状態だったそうです。もう一人の男の子は今も救出中です。父親の名前はエヴァン。奥さんはアンバー。ダーシーの双子の兄弟がハミッシュです」

気の毒に。ルークは心を落ち着かせてから携帯電話を受けとった。手術室に向かう足は止めない。

「ミスター・ウィリアムズ」自己紹介をしたあとは、簡潔な会話を心がけた。

パニックになっている声が聞こえた。「警察車両で、今向かっています。あと十五分で着きます。手術の前にダーシーに会えますか？」

「申しわけありませんが、時間がありません。確認のため、兄弟を見分ける特徴を教えてください」

ルークはそこでスピーカーに切り替えた。「ダーシーは左耳の後ろに赤いあざがあります」

メイがストレッチャーを止めて子供の耳を見た。

「確かにありますね」ルークが言った。

ミスター・ウィリアムズは手術に同意し、その直後に泣き崩れた。

「麻酔医に代わります」

レミに電話を渡した。彼女とはこの数日で何度も一緒に仕事をしてきた。上品な赤毛の女性だ。「ダーシーは喘息《ぜんそく》なんですね？」さらに彼女は、気管挿管は初めてかと父親にきいた。「私がお子さんのそばにいます。ずっと脇についていますよ」

苦しむ父親にどこまでも優しく声をかけ、自分にも同じ年の娘がいるのだと話している。

「それはお父様の口から言ってあげてください。今は喉にチューブが入っているので本人は話せませんが、私が電話を耳元に近づけます。ダーシー、あなたのパパから電話よ……」

ルークはレミに心から感謝した。ルーク自身は手術室に感情を持ち込むわけにはいかない。

彼女は手術室に入っても子供のそばから離れず、髪をなでながらずっと話しかけていた。

ルークは一人で現れたフィオナにきいた。「デイヴィッドは？」

「まだ救急科です」声がかすかに震えている。「四人目の負傷者が到着したんです。直前に搬送の連絡が入りました」

「しっかりしろ。君なら大丈夫だ」

ルークは運ばれたダーシーを見て、本当に小柄だとあらためて思った。あばらが透けている。小さな膝を見たときには胸が痛んだ。片方の膝にあざがあり、もう片方の膝も絆創膏《ばんそうこう》で覆われていたからだ。すぐに緑のシートで隠れてしまったが、最近転んだであろうその子の体を一瞥《いちべつ》して、ルークの心はざわついた。そして、子供に会うため大急ぎで病院に向かっている父親のことも気になって……。

いや、考えるのはあとだ。

早く職場を離れるべきだな。感情を切り離して集中することが日ごとにむずかしくなっている。

「始めよう」オペ室看護師に目くばせした。「よろしく」

彼女とは何度か一緒に手術をして、優秀なのは知っているが、軽くあいさつするだけで余計な話はしない。職場で雑談をしたり、スタッフと気軽に話したりしていたのは過去の話だ。

例外は一人いるが……だめだ、今はダーシー・ウイリアムズ以外の問題を考える余裕はない。

「脾臓を切除する」開腹するなりそう言った。修復不能なのは一目でわかった。無理に修復しようとすれば、ほかの損傷部分にかけるべき貴重な時間が奪われてしまう。「腸管に穴があいているな」

経験を積んだ目で患部を観察した。フィラデルフィアで教わったことが今に生きている。中でも指導を受けたカールの言葉は忘れられない。〝まずやるべきことをやれ。次にできることをやれ……〟

手術を終えて回復室に来たときには、デイヴィッドがすでに彼の患者とともにそこにいた。急遽《きゅうきょ》搬送されてきた四人目の負傷者だ。

「バイクに乗っていたそうです」デイヴィッドが説明する。「現場では軽傷に見えたらしいんですが、万一を考えて救急隊が搬送してきました」

彼は怪我《けが》の詳細と終わったばかりの手術について、ルークと意見を交換した。彼が患者の家族のもとへ向かうと、ルークも別の待合室に向かった。

家族と話すとき、最近のルークは適度な距離感を意識していることが多い。自分に求められているのは外科医としての腕で、人間性ではないのだからと。

閉じられたドアをノックして、中に入った。

空港から来たというので、スーツを着た同年代のビジネスマンを想像していたが、室内を不安げに歩きまわっていたのは、目立つベストを着た驚くほど若い男性だった。

「ミスター・ウィリアムズですか？」

「エヴァンでいいです。悪い知らせですか？」

「ダーシーは回復室にいます。座りましょうか」ほっとしてくずおれそうな彼に言った。「すぐにICUへ移ることになると思います」

「目は覚めたんですか？」

「術後に少し覚醒させましたが、数日は鎮静剤で落ち着かせます。でも、反応は良好でしたよ」そこで肝心の怪我に関して、いい面と悪い面を慎重に伝えた。「頭部に深刻なダメージはありません」

「でも意識がなくて、心臓も止まったと」

「止まってはいません。多くの血液が失われて、危険なレベルにまで機能が落ちていたんです。脾臓は、摘出するしかありませんでした」父親は顔をしかめ、続いて腎臓の損傷について聞かされると、両手に顔をうずめた。「腸に小さな穴があったんですが、そちらのほうはきれいに閉じました」

「脚、のほうは？」

「脚は問題ありませんよ」

「誰かに聞いたような……」父親は指で目を押さえた。「ああ、いや、頭が混乱してるんだな」

大量の情報を処理しきれずにいるのだろう。

「ダーシーは最近、両膝に怪我をしていますね。絆創膏が貼ってありました」ルークが言うと、彼は弱々しく微笑《ほほえ》んだ。

「あの子は怪我が絶えなくて」

「今日は多量の血液が必要でした。輸血は今も続けています。万一の合併症に備えて、今後はしっかり観察していくことになります」今日はこのくらいが限界だろう。「ICUへ移る前に少し会えるはずですよ」手術前は避けていた質問を、ここでしてみた。

「もう一人のお子さん、ハミッシュは？」

「セント・ベーダ病院で集中治療を受けています」

「そうですか。ほかに何か聞いていますか？」

「意識はあると。でも、鎮静剤を使うような話をしていました」すがるような目でルークを見る。「僕はどこにいればいいんでしょうか」

「僕がむこうの病院に電話してみましょうか？　力になれるかもしれない」

「お願いします。今朝、僕は仕事中で……」

聞けばエヴァンはヒースロー空港で働いていて、機体洗浄をしているらしい。仕事を始めようとした矢先に事故の知らせが入ったのだとか。

「妻が朝六時に空港まで僕を送ってくれるんです。そのとき、子供たちもパジャマのまま車に乗せます。そのほうが安全だと思っていたのに……」

似たような言葉は、患者の家族から何度も聞いた。自分のしたことは正しかったのか？　母が精神的ショックで倒れたあと、ルークも繰り返し自問した。不倫の件を母に白状しろと父に言ったのは自分だ。あのときは自分の正義を疑わなかった。

「任せてください」

回復室に戻ってダーシーの様子を見たあと、ルークはそこからセント・ベーダ病院に電話した。

通話はすぐにＩＣＵにまわされた。

「看護師のアダムズです」

「ショーナか」応答したのが誰であろうと、疲れているルークに気にする余裕はなかった。「ハミッシュ・ウィリアムズの件で電話している」

「そっちに兄弟がいるのね？」

「ああ。もうすぐＩＣＵに移すよ」怪我の詳細と今後の見通しについて話した。「まだ断言はできないが——輸血の量が膨大だった」

「ＤＩＣ、播種《はしゅ》性血管内凝固症候群？」血液凝固に深刻な問題が起きる症例は、彼女も知っている。

「そうでなければいいと思うが。ハミッシュは？」

「主な損傷は小さな硬膜下血腫よ」脳内に少し血液が漏れた状態だ。「意識はあるけど落ち着きがないの。今はホーレスがついてる。呼びましょうか？」

「いや、いい」ホーレスほどの優秀な神経外科医がついているのなら安心だ。「父親に説明したい。彼はどっちにいるほうがいいんだろうか」

「ちょっと待っていて。調べてみる」

ルークはショーナのことが好きではない。正直、嫌いだ。だが看護師としては信頼できる。

ショーナが戻ってきた。「ホーレスと話したわ。父親が来てくれたら、ハミッシュも落ち着くんじゃないかって」

「ありがとう。父親と話すよ」

あっさり通話を切って、父親のもとへ引き返した。

「セント・ベーダに確認しました。お父さんがそばにいてくれたらハミッシュは安心すると思います」決めきれずにいるエヴァン・ウィリアムズを見て言い添えた。「何かあればご連絡します。ですが、今のところダーシーは落ち着いていますから」

「妻のアンバーは？　目が覚めたら、興奮して手がつけられなくなりそうで」

「僕が下に行って話してみましょう。まだ眠っているようなら救急科のスタッフに事情を話して、奥さんが目覚めたときに伝えてもらいますよ。ハミッシュのそばにいてあげてください」

オペ室看護師に連れられて父親がダーシーに会いに行くと、ルークは救急科にいる母親のもとに向かった。目覚めてはいたものの、母親は静かだった。顔色が悪く、子供たちがどうなるのか、不安でたまらない様子だ。「子供たちに会いたい」

しかし、彼女はこれから脚の骨をつなぐ手術を受ける。「残念ですが、今は無理なんです。ハミッシュのところにはご主人が向かっています。ダーシーは容体も安定して落ち着いていますよ」

気の重い会話を終えて部屋を出ると、顔をほてらせたメイがいた。

「交通事故負傷者に関わった全員が集まっての報告会が、二時から開かれます」

「そのころには僕は眠っていると思うが」

「八時には、夜勤のスタッフ向けの報告会も」

「その時間もまだ眠っているんじゃないかなあ」

メイは舌打ちした。「行かないとだめです」

ルークは微笑み、ポケベルが鳴る前に予定していた回診に向かった。患者はまだ待っているはずだ。

患者は医師を待っていた。だが、体が空けばルークは必ず来るとピッパにはわかっていた。

「ミスター・ハリスはどこなんですか?」

ナースステーションでミセス・ジェームズが声を荒らげていた。クロエを連れて帰れると思っていたのに、朝の回診がなかったというのだ。

「まだ手術中です」ジェニーが答える。

「二時間前にもそう言いましたよね?」

かなりいら立っているが、無理もないとピッパは思った。疲れているのが見ていてわかるし、病気の子供のほかにも、家には生まれたばかりの赤ちゃんがいる。活発で手のかかる娘をどう扱うかも問題だ。まだ数週間は安静が必要なのだから。

ピッパは説明した。「今朝、急患が何人も運び込まれたんです。手術が続いて医師の手が空きません。お気持ちはわかりますが、急患が優先です」

「それはわかるの」ミセス・ジェームズは目を閉じた。「クロエも一時は手術の話が出ていたから」

母親の態度にジェニーはうんざりしているが、ピッパは違う。娘と赤ちゃんのことを深く心配している彼女には、むしろ好感をいだいていた。

私が小さかったころは、私の母親もこんなふうだったのだろうか。

子供のころはよくおばの家で過ごしていた……。

本当にしょっちゅう。

「あの子はもう、私の顔も覚えていないかもしれない」ミセス・ジェームズがため息をつく。

「赤ちゃんのジョージのことですか？」生まれたばかりのクロエの弟だ。

「母乳で育てたいのに、そうもできなくて」

「今日か、明日か、明後日かわかりませんけど、お家に帰れるのはすぐですよ」

「クロエを機嫌よくするにはどうすればいいの？甘やかした自覚はあるわ。子供はもうできないと思っていたのよ。クロエは弟に嫉妬しているわ」

「担当医からクロエに話してもらいましょう。私も話してみますね」遠くにルークとフィオナが見えた。

「ああ、来ました」

ミセス・ジェームズは娘の病室に戻り、ルークとフィオナがナースステーションにやってきた。

「今朝の男の子は？」ピッパがたずねてきた。

「ＩＣＵだ」ルークはそれだけ言うと、フィオナのほうを見た。「ランチに行くといい。ついでに僕の分も食べものとコーヒーを買ってきてくれないか」

「私はこれから……。いえ、わかりました」

フィオナが去っていく。疲れた足どりだ。はっと気づいてルークは顔をしかめた。

「そうか、フィオナは報告会に行きたかったのか」

そこで仕事に注意を戻した。「何か連絡事項は？」

「一つだけ。クロエ・ジェームズよ」

「どんな様子だい？」

「退屈そうよ。退院後に言うことを聞いてくれるかどうか、母親が心配してる」ピッパは投薬シートを持ってきたジェニーに微笑んだ。シートにルークのサインが必要なのだ。「私たちもちょうどクロエのところに行こうとしていたの」

「先生から母親に言ってやってください。病人はほかにもいるって。ここは病院なんです。専用のシェフがいるわけじゃないんです！」

クロエが病院食を嫌っているのだろう。この発言はピッパも呆れ顔で無視するかと思いきや、彼女は振り向いて同僚をまっすぐに見た。

「長い目で見てあげましょう」

ジェニーは黙ってカルテを手にとった。それからみんなでクロエに会いに行った。

「遅くなってすまない」ルークは言った。「体はどんな感じかな？」

「前よりよくなったよ。家に帰りたい」

「じゃあ、ちょっと診てみよう。食事はした？」

「昨日の夜にテイクアウトの料理を食べた」

ルークはさっとピッパを振り向いた。「低脂肪食を、と明確に指示していたはずだが？」

「この子が病院食をいやがったんです」母親があわてて割って入った。

「今夜はピザを食べていいよね？」

「家に帰りたいんだろう？」

「うん」

「よし。じゃあ、診察してみるよ」

診察を終えるとルークはベッド脇の椅子に座り、少女と母親に微笑みかけた。

「次は二週間後に外来に来てください」

「学校へは行けますか？」

「次の診察まではむずかしいですね。そのあとは制限つきで戻れると思います」

「せいげんつき？」クロエがたずねる。

「しばらく運動はできないってことだよ。いいかい、よく聞くんだ。これから何週間かは、全部ママの言うとおりにして、食事もママが用意してくれたものを食べること。お店の料理はだめだ。ピザもだめ。

食べていいのはふつうの料理だ」

　クロエはすねた顔になった。

「これはね、とっても大事なことなんだ。もし君が守らなかったら、次の診察でちゃんとわかるよ。そしたら僕は君のママに言わなくちゃならない。ディズニーランドには行けませんねって」

「いやっ！」

「そうだね。今、お腹《なか》の傷はどんどんよくなってる。なのに、転んだり倒れたりしたらまた入院だ」

「うん……」

「高いところにのぼったり、お友達と走りまわったりするのは、しばらくお休みだ。ベッドやソファで飛び跳ねるのもなしだよ。面白くないのはわかるけど、二週間だけ我慢しよう。できるね？」

　クロエはしぶしぶ頷《うなず》いた。

　二週間後の診察時には、疲弊した母親の精神的な負担も、かなりの部分をとり除いてやれるだろう。

　母親とは病室を出てから話をした。「クロエが動きまわったり、食べもののことでだだをこねたりしたときは、病院に電話すると言って脅してください。これはいじめているんじゃない。重い怪我から回復できるかどうかの問題なんです」

「はい、わかりました」ミセス・ジェームズは目を閉じた。「いろいろと、ありがとうございました」

「いいえ。では二週間後に。お大事に」

　最後に握手をし、そこで母親に続いて病室へ戻ろうとするピッパに声をかけた。

「少し、いいかな」

「ええ」ピッパはミセス・ジェームズのほうを見て微笑んだ。「すぐに戻りますね」

「今朝はコーヒーをありがとう」

「大変だったみたいね……」ピッパは言った。

「ああ。小さい子なのに、膝にあんな絆創膏……」

彼は言葉を切ったが、言いたいことはわかった。

「小さな気がかり。たまにあるわね」

彼は何も言わず、疲れた顔で小さく頷いた。

「あの夜がずいぶん遠くに感じるよ」

ピッパはふっと苦笑した。遠いというより永遠に思える時間がたったかのようだ。彼が激務をこなしていたのはわかる。でも自分たちのあいだには、なんの約束も計画もないままだ。中途半端はひどく居心地が悪い。そのとき、フィオナが戻ってきた。ボスのために食べものの入った紙袋と、ラージサイズのコーヒーを運んできたようだ。

「すまなかった。報告会に行ってくるといい」

「ルーク先生は？」

「僕はやめておく。僕の患者は生きているから」ルークは肩をすくめた。「また明日、フィオナ。今日は君がいてくれて助かったよ」

フィオナが去ってふと見ると、ルークが袋をあけて顔をしかめていた。彼がとり出したのは、ポテトチップスの袋とスコッチエッグだ。

「患者には食事が大事だと言っているのにな」

「ことわざにもあるわね。〝行動はまねなくていい、言うことを聞け〟」ピッパは微笑んだが、彼の心はどこか遠くにあるようだった。「事故にあったのは双子だとノーラから聞いたわ。もう一人の子は？」

「頭を負傷した。今、父親がセント・ベーダにタクシーで向かっている。母親はこれから手術だ」

「そんな……」

「家族全員、元気になってほしいよ」彼は卵に嚙《か》みついた。「動脈硬化になりそうな僕と違って」

「健康的な食事をしたいほうなの？」

「そうでもない。ただ、ひき肉で包んで油で揚げた卵は、遠慮したいほうだ」かぶりを振った彼は、大儀そうに手を振って去っていった。

ルークはベッドで目が覚めた。冷え込んだ暗い夜なのに、ベッドにはかすかに夏の匂いが残っている。彼女に電話してみるか。だが今夜ばかりは、誘っても退屈させるのがおちだろう。

代わりに、父親の留守電に返事をした。

「電話しただろう？」母がいない場所では、いまだに父とはほとんど言葉を交わさない。

「声が聞けてよかった」声の明るさで、マシュー・ハリスが自宅にいるのだとわかる。「母さんが話したがっている。結婚四十周年の記念日の件だ」

「正気で言っているのか？」

「確かにまだ先の話だ」向けられた敵意に気づかないのか、声は陽気なままだ。「ただ、日付は覚えておいてほしくてな。ちょっと待て……。ああ、母さんがいつこっちに来るのかときいている」

「僕から母さんに電話する。忙しいんだ」

「多発外傷の患者を担当したと聞いたぞ」

「ああ」

「こっちは二人、受け入れた……」

ルークは黙っていた。情報はいらない。暗い知らせならなおさらだ。

「今、何してる？」

「何か適当に食べて、また寝るよ。明日も朝の七時から仕事だ」

「うちに来ないか？」

「招待客リストに目を通せって？」母は絶対に父の同僚を呼びたがる。父の今の愛人がその同僚の中にいないと誰が言えるだろう。「行かないよ」

「そうじゃなくて、うちで食事をしたらどうかってことだ。母さんはこれからアトリエで絵を描くから、二人だけで話せる。少しは仕事を忘れろ。昔からよく言うだろう、よく学び、よく遊べ……」

「やめてくれ」変な励ましは不要だ。

とはいえ、ルークにはわかる。明るく話しながらも父の頭の中には患者がいる。だから息子と話そうとしている。今夜はもう、そんな話は聞きたくない。

「もう寝る。そのうち電話すると母さんに伝えて」

通話を終えたルークは、携帯電話をベッドに放った。父の裏切りは今でも腹立たしくてたまらない。すべてを手にした人間がすべてを失うリスクを冒そうとする。その意味がルークにはわからない。

寝ようとしたが、枕に残る夏の匂いで気が変わった。父は正しい。よく学び、よく遊べ。こんなときはいつもの解決法だと思い、ピッパに電話をした。今必要なのは食事と、セックスだ。

「もしもし、今目が覚めたよ」時計を見ると、もうすぐ九時だ。「少し遅いが」

「大丈夫よ」声が遠い。「どうしたの？」

「君がほしい。それと、食べものも」

「じゃあ、着替えて外出の準備をしてね」

声の奥に音楽が聞こえる。「どこにいるんだ？」

「ありがとう、ロハン」ピッパはいい匂いがする豆カレーと薄いパンがのった紙皿を二つ受けとると、遅れて来たルークに一つ渡した。

陽気で無計画な関係もいい。でも、のめり込まないためには、今からでも一定の節度が必要だ。

もしルークから電話があっても外で受けよう。そう決めて今夜は外出した。ロハンの言ったとおり、ディワリの雰囲気は最高だった。電話があっても、なくても、見に来てよかったと今は思う。

川岸に立って大観覧車ロンドンアイを眺めた。虹色のライトアップは幸運と繁栄を意味するものだ。熱い薄焼きパンをカレーにつけて食べていたが、彼の分がなくなるのはあっという間だった。

ピッパの手に残ったパンを彼がじっと見つめる。

「食べたければ並びなさい」ピッパは残った自分のパンを口に放り込んだ。

それから紙皿をごみ箱に捨て、戻って音楽と鮮やかなイルミネーションを楽しんだ。

「今日はどんな一日だった?」彼がたずねる。

「ふつうよ」本当はきつい一日だったが、詳しい話はしたくなかった。

こんなときだもの、と心の中でつぶやいた。腰に腕をまわされて、テムズ川の川面《かわも》で揺れるランタンを眺めている今、自分は究極の幸せの中にいる。

ピッパはルークが来る前、ジュリアのために一つのランタンに火を灯《とも》した。

でも、彼に話すつもりはない。

「凍えているね」

「夕方からずっといたから」少し考えた。「ルーク、このあいだの話だけど、私は職場の誰にも知られたくないの。その……このことは」

「僕は話さないよ」

「よかった」

「要するに君は、自分のワイルドな面をみんなに知られたくないわけだ」

「まあね。だけど、私がいつもあなたの誘いを待っているとは思わないで。私は電話を待ちわびたりしない。あなたの言いなりになる女じゃないわ」

ルークは彼女を自分に向き合わせて、全身をしっかりと観察した。ワイルドとはほど遠い外見だ。

灰色の毛糸の帽子からカールした髪がこぼれている。マフラーは二重巻きだ。引きはがして白い首が見たいと思ったが、ここであせる必要もない。

川面の光と上空の光が、彼女の白い頬に反射していた。おしゃべりな唇をキスでふさぎたいが、そこを我慢して、彼女の冷たい両手を自分のコートの下に引き込み、それから彼女を抱き寄せた。

「君は正しいよ。僕だって、君が僕からの誘いを一日中待っているとは思っていない」

意外にも、今夜の外出を楽しいと思っている自分がいた。ロンドンに戻ってよかった、とも……。

ピッパは彼の胸に頭をつけた。とく、とく、という彼の心音を聞きながら、突然込み上げてきた涙を、まばたきで止めた。川面を埋めたランタンが、遠くへと流れて視界から消えていく。

私は決して泣いたりしない。

泣くとしても今じゃない。

そんなピッパを、タイミングよく彼が笑顔にしてくれた。

「うちに来れば暖房があるよ」冷たくなった耳に彼がささやく。「行こう」ピッパの手をとり、楽しげな人混みのあいだを縫って進んでいく。

ピッパは彼を引き止めた。

「ミルクはある？」

「途中で買えばいいさ」

7

二人そろって遅刻しそうだ。

「行って！」シャワーから出ると、ルークがばたばたとベッドを整えていた。「それは私がやっておくわ。七時から仕事でしょう」

「うん。君も急いで服を着て」

ピッパはかぶりを振った。「私は地下鉄で行く。七時半までに行けばいいから」

「一緒にいるところを見られたくないとか？」

「どちらもよ」

彼がその言葉を不快に思わなかったのは確かだ。鍵束を持ってさっさと出ていく代わりに、ピッパのほうに近づいてきたのだから。

〈エイヴリー〉で話した日から一週間がたっていた。

コンタクトを入れていなくても、朝のルークは目の保養になる。

「髭《ひげ》をそっていないのね」いってきますのキスがざらついていた。彼がピッパのタオルに手をかける。

「そんな余裕があるなら、別のことをするよ」

「早く行って！」良識あるふりをしている自分がうらめしい。

「困った子だ」彼はしぶしぶピッパを解放した。

「その言葉、そのままお返しするわ」ピッパが軽く返すと、彼は玄関から出ていった。

ルークと過ごしたこの一週間は、これまでの人生でいちばんすてきな一週間だった。

忙しい中でも何度も体を重ねたが、セックスのことだけを言っているのではない。ディワリのお祭りを楽しんだように、豪華な大聖堂でのキャンドルライトコンサートにも二人で行ったし、ゆうべだって、ピッパが遅番だったにもかかわらず、一緒にお隣さんの子犬を散歩に連れていった。

「なんでこんなことに？」子犬がトイレをするでも歩くでもなく、ただぺたんと座って動かなくなったとき、ルークは言った。「君のせいだぞ」

ある日、廊下で見かけたソーセージがかわいくて、ピッパがついなでてしまい、そこからなぜか、ルークが餌やりと散歩をお願いされる展開となったのだ。

やっとトイレをすませたソーセージをルークが抱えてフラットに戻り、飼い主の部屋に連れていった。

「〝今回だけですから〟」ピッパは飼い主の声をまねてみせた。「今回だけで終わればいいけど」

「終わりだよ」ルークはきっぱりと拒絶するように、預かった鍵を郵便受けに落とし込んだ。

彼は以前、誰とも深くは関わらないと言っていた。このときの行為からも、それが嘘《うそ》ではないとわかる。

ベッドを整える前に、いったんそこに座った。コンタクトレンズを入れると、部屋の隅にきれいに積まれた段ボール箱が目に入った。

彼との気楽なおしゃべりがないと、部屋がやけに静かに感じる。そう、気楽なおしゃべりだ。ルークとは真面目な話をしない。彼は決して家に仕事を持ち込まない。お互い家族の話はほとんどしない。学校の先生のことなど昔の話はたまにするけれど、そんなときでも深刻な話は避けている。

そもそもが未来のない関係なので、ピッパは二次面接の知らせが来て驚いた話もしていない。彼のほうも同じだ。スコットランドでの仕事のことも、そのあとのことも、何一つ話題にしようとはしない。

でも、朝の静かな部屋に一人でいると、無視しつづけてきたいろいろな思いが頭をもたげる。

二週間後に、ルークはここを離れる。

前にも経験したことよ。自分に言い聞かせた。

だけどあのときは十六歳で、彼とはキスさえしていなかった。

今はもう知っている。彼の感触も、組み敷かれて一つになる感覚も……。ぶっきらぼうに見えても、その奥にいるのは図書館で会ったあの日の彼だ。

今でも惹《ひ》かれている。そして毎日懸命にごまかしている。この気持ちを悟られないように。


「ICUから一人受け入れの予定です」夜勤の主任看護師が申し送りをしていた。「名前はダーシー・ウィリアムズ。年齢は五歳」

「多発外傷の子供？」ピッパはきいた。

「ええ。脾臓《ひぞう》摘出。左の腎臓を損傷。腸管穿孔《せんこう》。脳《のう》震盪《しんとう》も起こしていたわ。気管チューブは四十八時間前に抜管。意識レベルは十三点から十五点」

十五点はベストスコアだから、認知や覚醒反応に問題はないということだ。

「声がけで目はあけるけれど、発話はほぼなし。入院していた母親は、今日退院の予定。双子の兄弟が別の病院に入院中で、父親は二つの病院を行き来しているようね。昼まで個室が空かないと言ったのだけど、ＩＣＵは早く引きとってほしいみたい」

ノーラが応えた。「ピッパ、四号室の患者を大部屋に移せるか考えてみてくれる？　彼女はそろそろ退院だから」

その後はベッドの移動が大変だった。ミセス・ウイリアムズは脚に大怪我《おおけが》をしているから、いちばん狭い四号室では、息子のベッドまわりを動くのもむずかしい。結局、どうにか七号室を空けることができた。朝の配膳と配薬も終わり、今はジェニーがトビーにミルクを与えているところだ。トビーの両親は今日もまだ来ていない。

「ああ、ミスター・ルーク」ノーラが彼を見つけた。

「僕の患者はもうこっちに？」

「まだなんです」そこでノーラはピッパに声をかけた。「患者が来ないうちに休憩して」

ルークが回診に行き、ピッパはまずいコーヒーをいれた。休憩室には若手医師のフィオナがいた。

「ダーシーはこっちに来た？」彼女がたずねる。

「いいえ、まだです」

病棟から離れるとほっとする。ルークがそばにいるといまだに顔がほてってくるのだ。それなのに彼ときたら、たびたびピッパを脇に引っ張って話そうとしたり、今夜の予定を決めようとしたりする。職場ではあくまで医師と看護師でいたいのに。

「もう一人の双子の様子は聞いていますか？」ピッパはたずねた。

「元気にしているわ。脳神経外科病棟に移されるみたいよ。その子もこっちで引きとれないのかと、ルーク先生にきいてみたんだけど」

「彼はなんて？」

「それは僕が決めることじゃないって。自分がご両親の相手をしないからって気楽よね。手術の腕は一流よ。職業柄、非情さも必要なんだと思う。だけど手術室の外では、もう少しまわりに気づかいを見せてくれてもいいんじゃない？」

ピッパは黙っていた。確かにルークはあまり冗談を言わないし、話好きでもない。厳しさもある。それでも、常に患者にとっての最善を考えている。

フィオナが続ける。「いつもそう……」

「そう、とは？」

「さっさと次に行くの……」彼女は意味ありげに眉を上げた。「患者のことだけじゃないわ」

ピッパは早めに休憩を切り上げた。ダーシーはまだ来ていなかった。ルークが電話を顎に挟んで、レントゲン写真を見つめている。

「えっ？」声がいら立っている。「無理です。七時には回診があるんです。またかけなおします……」

「トラブルですか？」ノーラがきく。

「ええ、まあ」彼はため息をつき、ピッパが戻ったのを見たからだろう、ノーラにたずねた。「朝起きたら、師長はベッドを整えますか？」

「もちろん」

「ジェニーは？」

「軍隊にいましたから、当然です」

「シャワーのあと、バスルームは片づける？」

ジェニーが頷《うなず》く。

「ピッパ、君は朝起きてベッドを整えるかい？」

「ええ」声がかすれた。彼の言いたいことはわかる。今朝ピッパはベッドを整えなかったばかりか、着替えに時間をとられてバスルームもそのままにした。

「毎朝？」信じられないという顔で彼が微笑《ほほえ》む。

「夜勤のときは」ピッパは少し訂正した。「遅番だったら、ときどき……」

「早番のときは？」

「それは、場合によります」

「今、不動産屋に言われたよ。留守のあいだに内見させたかったら、部屋はきれいにしておけと。だが、高い契約をしているんだから、そのくらい——」

「不動産屋が片づけてくれるとでも？　甘いですよ……」ジェニーは言いながら立ち去った。

ピッパが薬剤保管室に入ると、それを待っていたかのようにルークがあとを追ってきた。「〝私がやっておく〟と言ったよね？」

「気づいたら時間がたっていて」ベッドで別れのつらさを想像していたとも言えず、どうでもいい理由でごまかした。「部屋の壁を見ていたの」

「壁？」

「そう。壁紙を貼るべきよ。時間がないのなら、前にも言ったように、暖炉を引き立たせたほうがいい。醜い絵を飾るよりずっとましよ」

「元インテリアデザイナー志望のお言葉か？　専門家に任せるから、君は気にしないでくれ」

「わかったわ」軽くあせった様子が見受けられて、ピッパはにやりと笑った。同棲《どうせい》を考えているとでも思われたらしい。「一緒にイケアに行きたいとか、ベッドカバーを買いたいとか、そんなことは考えていないから安心して。古い建物が好きなだけよ」

そのとき、ジェニーの声がした。「ＩＣＵの患者が到着しました」

病室にはダーシーの担当になったピッパも同行した。父親もいたが、彼とルークはもう名前で呼び合う関係になっているようだ。

「エヴァン」ルークが声をかけた。「やあ、ダーシー。今朝よりずっと顔色がいいじゃないか」

陰のある濃いグレーの瞳がルークをとらえたが、それも一瞬で、ダーシーはすぐに目をそらした。

引き継ぎで来たＩＣＵの看護師がピッパに説明をする。「もう水分は口にしていいのだけれど、本人が拒絶しているの。それにずっと黙っていて、ふだんとは様子が違うらしいわ。声を出すのは、たまに母親のことをきくときだけよ。兄弟のことも、ほかのことも何もきかない。不思議だとお父さんもおっしゃっているわ。心を閉ざしてしまっているの」

父親のエヴァンがそばに来てICUの看護師に礼を述べ、彼女が去ると、ピッパに話しかけた。

「ダーシーのそばには妻と交代でいるつもりですが、妻のアンバーは脚の骨を折っているんです」

「ええ、聞いています。ここはいちばん広い個室ですから、リクライニングチェアも置けますよ」部屋の奥を見やると、麻酔医もダーシーの様子を見に来ていた。こうなると、部屋は少し混雑ぎみだ。「病棟の設備をご案内しますね」ピッパはエヴァンを連れて両親が休める部屋や簡易キッチン、シャワー室やバスルームを見せてまわった。

実際、ダーシーは無気力だった。午後にバイタル測定をしたときも視線はほとんど動かさず、ただルークが来たときだけは顔を上げた。

「調子はどうだい、ダーシー？」

ダーシーは無言でそっぽを向いた。

「この子のお名前は？」ピッパはダーシーが抱いているぬいぐるみを、大切にされてきたらしい薄汚れたテディベアの顔をくすぐった。

「ウィスカーズです」父親が代わりに答えた。

「ハミッシュのところにも熊さんはいるの？」点滴のチェックをしながらたずねると、視界の端で、ダーシーの体がかすかに動いた。

「ココ」ダーシーがつぶやく。

「ココが今ハミッシュと一緒なの？」

それに答えたのはエヴァンだったが、息子が返事をしたことには喜びを隠しきれない様子だった。

「事故の翌日、家から持ってくるよう妻に言われましてね。友達が来ると二人とも隠すんですよ」

ピッパはダーシーに微笑みかけた。「私もよ。あなたよりずっとお姉さんなんだけどね……」

だが、ダーシーはもう何も反応してくれなかった。

「できるだけ口から水分をとらせてください」ルークがエヴァンに言って、ベッド脇を離れた。

「本人がその気になってくれなくて」

「今は点滴で水分をとっていますが、口からとってくれたほうが回復も早まります」

その後も同じだった。飲みものにも食べものにも、ダーシーは興味を示さなかった。

翌日の午後、ルークのもとにエヴァン・ウィリアムズがやってきた。ハミッシュを転院させたいと、前にも言ったらしい話をまた持ち出している。

「それでいろんなことが楽になるんです。兄弟と一緒にいれば、ダーシーもきっと元気になる」

「気持ちはわかります」

ピッパはデスクで赤ちゃんにミルクをあげていたので、説明するルークの声もよく聞こえた。

「ハミッシュは元気だと聞いていますが、脳に出血があったわけですから厳密な観察が必要です。現時点での転院はベストな選択ではありません」

「やっぱり……。ダーシーが言うんですよ、自分の熊をハミッシュのところに持っていけと。だから言ったんです。熊はおまえが持っていたほうがいい。ハミッシュのそばにはココがいると」

「ええ、それが正解ですよ」

待って！　ピッパは反論したかった。ダーシーが自分の熊をハミッシュに渡したいと思っているなら、そうしてやるのが正しい選択だ。

けれど、今はノーラも加わってルークとエヴァンに同意している。さらにはソーシャルワーカーも到着し、デスクには小児科医のマーサもいた。ピッパが口を挟めるような状況ではなかった。

やがて全員が看護師長のオフィスに移動した。

「ルーク?」彼がミーティングを終えて出てくるや、ピッパは声をかけた。

「なんだ?」ぴりぴりした声。不安そうだ。「ああ、トビーの両親にオフィスへ来るよう言ってくれ」

頷いたものの、何か変だとピッパは思った。トビーはルークの患者ではない。

ジェニーが新生児用ベッドの横に立って両親と雑談していた。ジェニーらしくない。わかるのは、彼女が赤ちゃんから目を離すまいとしている事実だ。

そのときノーラが出てきて、簡潔に事情を説明してくれた。トビーに関して、何か懸念される情報が入ってきたということらしい。

ソーシャルワーカーがここにいるのは、ダーシーやハミッシュとは関係がなかった。二体のテディベアをどのベッドに置くべきかも大事だが、もうそのことについて話している場合ではなくなった。

8

まだ朝の六時前だが、今日は間違いなく、今までの人生でいちばん幸せな誕生日だ。

もっとも、ついさっき体を重ねた相手がすでに三十歳になっていることを、ルークは知らない。

ピッパは壁に向いて横たわり、その背中をルークがぴったりと抱いている。二人とも、まだ早朝のセックスの余韻にひたっていた。

「起こしてしまって、ごめん」

「いいのよ、毎朝だって構わないわ」

一人でにやけてしまったが、考えてみれば、こんな朝はもういくらも残っていないのだ。

今日が誕生日だとルークに話していないのは、気楽な交際だということだけが理由ではなかった。そもそもピッパは、誕生日だからと騒いだりはしない。

両親も同じだ。

実家へ帰れば、待っているのはおそらく、現金が添えられたカードだろう。だけど今回は節目の年齢だし、もしかすると帰っておいでと電話があるかも。ケーキを用意して驚かせてくれるかも……。

両親にとって誕生日が苦しい日なのはわかっていた。ジュリアが三十歳になるはずだった日など、母は精神的にぼろぼろになっていた。

ピッパは目を閉じ、涙も当時の騒動も忘れて、ふわふわした幸せな気分に立ち返ろうとした。自分は今、ルークの腕の中にいる。十一月後半の冷たい朝でも、ここにいれば暖かくて安全だ。

「君のフラットに泊まることには利点がある……」

「朝、ベッドを整えなくていいとか？」

「まあ、それもあるかな。僕が言いたかったのは職場までの近さだ。あせって支度をしなくていい」

「そうね」

これでどっちも〝歯ブラシのそろった家〟だ。ルークがそう言って軽くおどけたのは、ピッパのフラットで初めて朝を迎えて、着替えに戻る時間がない日のことだった。幸い予備の歯ブラシがあると言うので、以来ピッパの家では、その蛍光ピンクの歯ブラシを使っている。そしてルークのフラットで彼女が使うのは、アメリカからのフライトでもらった、アメニティキットの歯ブラシだ。

〝デオドラント製品がそろった家〟にはまだなっていないため、今日はルークがベビーパウダーの匂いをさせる日だ。これはしかたがなかった。この一週間はピッパのほうが、二十四時間の効果をうたう〝働く男〟のためのローションで、自身の夏の匂いをかなり薄めるはめになっていたのだから。

彼女のワードローブには、クリーニングから戻ってきてビニールで覆われたままのルークのシャツも数枚かかっていた。一つのビニールを破りながら考えた。これまでは新しいシャツや歯ブラシなど、何かがないことを口実にして、早朝、もしくは夜中にでも家に帰ろうとするのが常だった。

今は違う。

単純に、こっちのほうが楽だと感じている。

というより、少々複雑になったと言うべきか。だとしても、とルークは自分を納得させた。もうすぐ終わる関係だ。悩む必要はない。

ピッパを見ると、彼女はルークを見つめながら、ベッドで眠たげに微笑《ほほえ》んでいた。

「毛布の中は暖かいわよ」誘惑してくる。

「ずるいな」たまには回診に遅れてもいいか、という思いが、このとき初めて頭をもたげた。

「あなただって、その気になっているくせに……」

ルークは衝動を抑えた。ただし条件つきで。「今夜はそれほど遅くならない。そのときなら――」

「今夜は私が無理かも。連絡するわ」

「明日の夜は僕が待機だ」

いつになくしつこく言ってしまったが、もうロンドンでの勤務も終わりが近い。先日見つけたコテージのほうも、早く頭金を支払わないと……。

「スコットランドにいいコテージを見つけた。スカイ島だ。石造りの家で、寝室にも居間にも泥炭を燃やす暖炉がある」

「それは業者が使う表現ね。要するに〝凍えるほど寒い〟のよ。お湯は出るの？」

「出ると思う」

「〝思う〟じゃだめよ」

「今夜、君の目で見てみるといい」

実のところ、ピッパをスコットランドに誘えないか、二週間ほど滞在させられないかと数日前から考えていた。今までだったら、こんなふうに考えることは絶対になかった。

「まあ、今夜じゃなくてもいいが」ジャケットを着ながら、訂正した。合意した期限を延ばすような提案で、今の関係を台なしにしたくはない。「井戸で水くみをするような場所じゃないとわかる……」

絶対に行ってやらない。そう思いながらピッパは薄く微笑んだ。彼の次の恋人がお泊まりする家を選ぶ手助けなんて、絶対にしてやるものですか。

ルークが出ていくと、誕生日のメッセージが来ていないかと携帯電話をチェックした。でもまだ七時前だ。両親はようやく起きるところだろう。

昼前の休憩時間にもう一度チェックしたが、メッセージは来ていなかった。

昼は遅くまで食事ができなかった。ダーシーが盛大に嘔吐《おうと》したのだ。両親がハミッシュのほうに行っていたため、ダーシーは泣いていた。ピッパがシーツを替え、ローラがフィオナに連絡した。

「大丈夫よ、ダーシー。ママがすぐに来るわ」

「ここは私が残る」戻ってきたローラが言った。チーズサンドを食べながら、メッセージを確認した。友達数人とおばからのメッセージはあったが、両親からはない。

傷つくというより、腹が立った。

逆なの？　腹が立つ以上に傷ついている？　自分でもよくわからないまま病棟に戻った。

エヴァンがもう一人の息子の見舞いから戻っていた。母親のほうはまだむこうに残っているという。

フィオナが診察に来ていた。

「お腹《なか》はどんな感じ？」ダーシーにたずねている。

ダーシーは答えない。代わりに、見慣れたピッパのほうに顔を向けた。「ハミッシュは？」

「別の病院でお世話されているわ」何度も繰り返してきた説明だった。「ダーシー、お腹が痛くないか、先生が知りたいって」

ダーシーは無言で頭を戻し、それまでと同じように午後の灰色の景色に視線を向けた。

「水分はとっている？」フィオナがピッパにきく。

「何度も励まして、やっと少しだけ」

「デイヴィッドに話してみるわ……」

午後遅くに診察に来たのはルークだった。「麻酔医に痛みの評価をしてもらうよ。点滴の量を増やす。無気力なのが心配だ」

自分が悪者になっていることは、ルークにもよくわかっていた。何しろ、小児科病棟に新しくできたツインベッドの病室が、今は空いているのだ。

ダーシーは兄弟と一緒にいたがっている！

そのことは、ノーラからもほかのスタッフからもダーシーの父親からも言われた。その父親は先ほど母親をこちらに連れ帰っていて、今は二人一緒にツインベッドの病室をのぞき込んでいる。

ルーク自身、転院に関してはホーレスとも話した。しかし共有できたのは、今はとにかく慎重になろう、患者を動かすべきではないという結論だった。

「お届けものです」

配達人のほうに目をやると、ナースステーションの隅に大きな鉢植えの植物が置かれていた。

「あらまあ。誰に？」ノーラが鉢植えに目を留めた。

「ピッパです」ジェニーが小さな白いカードをのぞき込み、プラスチックの支え棒からそれを抜いた。

「ジェニー！」ノーラが注意する。

「ハートの飾りもついています」ジェニーがため息をついた。もとに戻そうとするが、間に合わなかった。ピッパがオフィスから出てきたのだ。「はい、あなたに」ジェニーがカードを差し出す。

「誰からか言ってよ」カードを受けとったピッパは、しかし、中を見ることなくポケットに入れた。

「誰からなの？」ジェニーがたずねる。

「家で見るわ」きつい口調だ。彼女は巨大な植物に目を転じた。「もう、こんな大きなものを！」

彼女はとりあえずという感じで鉢植えをオフィスにしまい、それから薬剤保管室へ向かった。

ルークは自分が詮索好きなジェニーになったかのような錯覚に襲われた。カードの文面が気になってしかたがないのだ。

ピッパが今夜の予定をあいまいにしているのも、微妙に気に食わなかった。

彼女のシフトはもうすぐ終わる。ルークは意を決して薬剤保管室に入った。

「君の秘密の恋人は趣味が悪いな」

ピッパは笑った。「植物は毎年おばが送ってくるの。どうしてだか、フラットに直接送ってはこないのよ。ジェニーには言わないでね」

「もしかして、誕生日か？」頭の中で素早く計算した。二学年下だと言っていたから……。「三十？」

「思い出させないで」

「なんで黙っていた？」

「理由はないわ」ピッパは肩をすくめた。

「何かする予定はあるのか？」

「週末、久しぶりに友人たちと会う予定よ」

「今夜は？」

「ルーク、誕生日に騒ぐ習慣が私にはないの」

「僕は騒ぎたい」自分のフラットから歩いてすぐのところにあるフレンチレストランの名をあげた。

「だから、そういうのは――」ピッパは言いかけ、思いついて携帯電話をとり出した。やはり両親からのメッセージは届いていない。本当は私だって誕生日を祝いたい。今日は実際に祝ってくれる人まで現れた。「わかった。行くわ」

「予定はいいのか？」

「変更になったから」

「よかった。予約は七時でいい？　僕はあと一時間で出られる。いや、二時間かな。店で落ち合おう」

ピッパにとって、今日は期待することを自分に許した初めての誕生日となった。いそいそとスクラブを脱ぎ、ジーンズに着替えた。何を着ていこう。服を買う時間はあるだろうか……。

「大変よ、大変！」ジェニーが更衣室に入ってきた。「ショーナから電話で、ルークと話したいって」

「誰？」

「ＩＣＵの看護師よ。セント・ベーダの」

「だから誰？」

「ショーナよ。彼がつき合っていた人」

「ただの噂《うわさ》でしょう」

「それが違うの。フィオナから全部聞いたんだから。二人が休憩室にいるところを実際に見たそうよ。電話は私がつないだの。ショーナはルークと個人的な話がしたいと言っていたわ」

個人的？

気持ちが沈んだ。だけど噂は嘘《うそ》だと前にルーク自身が言っていた。

「ルークに伝えると、電話をノーラのオフィスにまわしてくれって。ものすごい形相だった」

オフィスを見ると、確かに電話しているルークが見えた。こわばった背中を病棟のほうに向けている。

「ねえ！　鉢植えをとりに入っていったら？　うまくすると話が聞けるかも――」

「急ぐから」自分でも混乱していた。さえぎったのは噂話を嫌ったからか、耳をふさぎたかったからか、それとも、ずっと好きだった人と過ごせる誕生日にけちをつけられたくないという、ただの身勝手な感情からか……。

鉢植えは明日まで置いておくことにした。服を買う時間を作るためだ。その後、立ち寄った店でかわいい薄紫のワンピースを見つけた。柔らかくてウールだろうと思ったが、ラベルにはシルクとあった。

値札を見ると、セール品でありながら、ピッパがふだん買う服の平均金額を大きく超えていた。

だけど、ふだんと違うのはこんな関係を続けている自分も同じだ……。

ルークが悪びれもせずに嘘をついた可能性はおおいにあるが、それを言えば、私だって嘘をついている。自分を偽り、気楽にその場限りのセックスを楽しめる人間のふりをしているのだから。

「ぜひ試着してみてください」店員が言った。

着てみると――クレジットカードへの打撃は別として――文句なくすばらしかった。

これはドレスとは違う。でも、見ていると姉のジュリアを思い出した。シルバーのドレスを着て、すてきな夜を過ごすために出かけていった姉……。

ピッパは決めた。私もすてきな誕生日にする！


フラットに帰ると、まずはヘアケア製品をふんだんに使い、それから頭を逆さにして癖毛をきれいに乾かせるディフューザーと格闘した。長い時間をかけても、黒くて量の多い髪は完全には乾かなかったが、ゆっくりしている時間はない。

メイクをし、下着も服のついでに買った上等なものに替えた。ストッキングをはき、ハイヒールをはいて、揺れるイヤリングをつけた。

鏡を見ると、盛りすぎではないかと不安になった。今夜はどんな夜より大切な夜なのに……。

「マダム……」名前を告げたピッパに出迎えのスタッフが微笑み、続けてフランス語で何か言った。

コートを預かるという意味だと、一拍遅れて気がついた。コートを渡すと、予約席に案内された。とまどいつつ赤ワインをグラスでと注文したが、ぽかんとした顔をされたため、学校で習った基礎フランス語を記憶の底から引っ張り出した。

やがて、ワインとおつまみが運ばれてきた。

時間が過ぎていく。ルークは来ないの？

まさか、誕生日を祝う約束をすっぽかしたりはしないわ。そうよね？

だけど、病院で何か起こったら……？

それならすぐにメッセージをくれるのでは？

でも彼は外傷外科医だ。スタッフにも連絡は頼まないはず。秘密にしたいと私が言ったから……。

いろんな想像が頭の中でせめぎ合った。彼を信じたい。仕事で遅れているだけだと思いたい。

もしかして、別れた恋人からの電話を受けて、今夜の予定を考えなおしたの？

そのとき、待ちに待ったメッセージが届いた。

〈ごめん。あとで話す〉

謝罪の言葉だけで説明はない。

それで充分だった。ピッパはウエイターを呼んだ。

「お会計お願いします」ウエイターが困った顔になる。「通じていますよね？」ピッパが強めに言うと、さすがは客商売だ、彼は軽く微笑んでビロード張りのフォルダを持ってきた。

びっくりするほど高価なグラスワインの代金を払い、その上でチップも添えた。というのも――恥ずかしくて顔が真っ赤になっていたからだ。

違う、恥ずかしいのではない。希望をなくした喪失感だ。誕生日が、たった一度の誕生日が……。

フラットに戻ると、靴とストッキングを脱ぎ、メイクを落として、だぶっとした大きめTシャツに着替えた。安いワインをグラスに注ぎ、寝室にあった電気毛布をソファに持ってきて体をくるんだ。

胸が苦しくなってきた。

もうすぐ十時になろうというころ、ノックの音がした。きっとルークだ。無視しようかとも思ったが、それではあまりに器が小さい。

「いらっしゃい」平気なふりで彼を迎えた。

「すまない。一人にして困らせてしまったね」

「困ってはいないわ」彼を中に入れた。「もっとひどい場所で待たされたこともあるし」

彼の表情が硬い。彼はそのままカウチに腰を下ろすと、ピッパのグラスをとって喉を湿した。

「セント・ベーダから電話があった」

「ショーナね。ジェニーから聞いたわ」

「彼女は今、ICUで働いている」彼は顔をしかめたが、浮かんだ雑念をさっと振り払うようにして先を続けた。「ハミッシュが急変した」

「ハミッシュ？　ダーシーの双子の兄弟？」

彼は頷《うなず》いた。「父親はそのときセント・ベーダに向かう途中で、僕が母親に知らせに行った」

「そんなことが」

「アンバーは狂乱状態になった。何が起こったかわからなかったんだ。そして、一卵性双生児だからダーシーも検査してほしいと言われた。血液とか、感染の有無とか……」

ピッパは頷いた。事故から日数がたっているとはいえ、もちろん検査は必要だ。健康なほうの双子について医師が心配するのは当然のことだ。

「それで、何か見つかったの？」

「いや、関連しそうな問題は何も。ハミッシュの場合は、脳内で出血が広がったんだろう。つい一時間ほど前、亡くなったと知らせが来た」

ルークが両手で頭を抱えた。ピッパの両腕にぞわりと鳥肌が立った。Tシャツ一枚で立っていたため、脚全体にまで同じ感覚が広がった。ルークの口から訂正の言葉が出るのを待った。知らせは間違いだった、と彼が言ってくれるのを待った。

言葉を失ったピッパを心配したのだろう、彼が頭を起こした。「大丈夫か？」

「わからない」正直に答えた。驚いたことに、彼の頬は涙で濡《ぬ》れていた。

ピッパは彼の隣に腰を下ろし、落ち着いた呼吸を心がけた。「今ダーシーのそばには誰が？」

「ダーシーは眠っていたが、僕が出るときには、彼のおじだか、いとこだかが一人来てくれた」

「あの子は――ダーシーはわかっていたのよ。何かがおかしいってわかっていた……」

「ピッパ――」

「絶対にそう。姉のジュリアが急変した日、私は学校でずっと気分が悪かったの」胸に残る痛みをほんの少し吐き出した。「学校に連絡がなかったから、お別れも言えなかった。姉の死は帰宅してから知ったわ。ダーシーには両親から伝えさせて。おじさんじゃだめなの。私はおばから聞かされて――」

「大丈夫、両親が直接伝えるはずだ。彼らは今夜ダーシーを一人にしたくなかっただけだ……」

彼がピッパの手をとった。すがりたいと思ったけれど、打ちのめされている自分が、あふれ出した恐ろしい記憶が怖かった。悲しみを誰かと共有することには慣れていない。今はルークも動揺している。そんなときに、期限つきの遊び相手にとり乱されても、彼からすれば迷惑なだけだろう。

「アンバーはどうなったの？」

「ノーラがオフィスに連れていった。今まで悪い知らせを親に伝える場面は何度もあったが、今日はこたえたよ」彼は震える息を吐いて、頬の涙をぬぐった。「結局、僕も父と同じなんだ……」

「どういう意味？」

「父は何度か落ち込んだ様子で帰ってきた。一度、泣いている姿を見たよ。あのときは怖かった」

「あなたはどうしたの？」

「アトリエにいる母を呼んだ。母も絵を描くんだ」

奇妙な時間だ、とルークは感じていた。

ピッパは母のようにアトリエにこもったりせず、Tシャツで膝を隠しながら隣で座っている。やがて、ルークの膝を枕にして横たわった。お互い、それぞれの考えにひたっていた。そうしながら一緒の時間を過ごしていた。今夜は、それが何より必要だった。

明日の申し送りで聞かされなくてよかったと、ピッパは思った。自分を襲った無力感は、ジュリアの死を知らされたあの日の感覚と重なった。

ルークの手が、さっきからずっと髪に触れていた。

「ハミッシュを転院させればよかったよ。そうすれば、ダーシーは兄弟と一緒にいられた」

ピッパは少し考えた。「そして、兄弟の急変を目の当たりにすればよかった？　蘇生《そせい》処置が行われて、死んでいく姿を見ることになったはずよ」

彼の膝の上で体勢を変え、彼の顔を見上げた。

「あなたの判断は正しかったの。救急車の中でハミッシュが亡くなる可能性だってあった。誰に言われても簡単に転院させないことで、あなたはハミッシュを最善の環境に置いていたのよ」ピッパは彼の膝にのった。「あなたは最善をつくしたわ。人生は常に公平なわけじゃない」

「ああ、そうだな」

ルークはピッパを見つめた。自分は約束をすっぽかした。彼女はメッセージが届いても居場所をきかず、怒って電話をよこすこともなかった。

「誕生日を台なしにしてしまったね」

「いいの。誕生日は嫌いだから」

「嫌い？　なぜ？　お姉さんが死んで――」

「そうじゃないわ」ピッパはかぶりを振った。姉の死は関係ない。ルークが素直に感情を表に出してくれたおかげで、ピッパも少し勇気が出た。「ずっと嫌いだったのよ。友達から誕生日パーティに誘われても、いつも断っていた」

「どうして？」彼の両手が腿に触れている。

「ジュリアはパーティに行けないでしょう。母はそれを不公平だと思っていたの」

「君の誕生日はどうなるんだ？」

「楽しい年もあったけど……七歳の誕生日は親にも忘れられていたわ。しかたないんだけど」ピッパは姉の病状が悪化したこと、ぎりぎりで看護師が誕生日を祝ってくれたことを話した。「姉が話したんだと思う。あのときのケーキの出所は不明だけど」

ルークは考えてしまった。欠点は多くても、父が息子の誕生日を忘れたことはない。ほとんど口をきかなくなった今も、先日の夜のように電話をくれる。

「今も誕生日は祝ってもらえないのか？」

「次に帰省したときに、現金が挟まったカードがもらえるわ」

「電話がかかってくることは？」

「両親にとって、誕生日はつらい日なの」彼女に両親をかばうような発言をした。「子供をなくした人にしかわからない感情だと思う」

ルークはアンバーを思い出した。早くハミッシュのそばに行こうと必死になりながらも、もう一人の息子のことを決して忘れず、ルークに検査をしてほしいと頼んできた……。

「とにかく」ピッパは肩をすくめた。「誕生日だからって、私は大げさに考えないようにしているの」

ルークはピッパにキスをした。ピッパもキスを返した。お互い、キスで恐怖を追い払おうとした。

ソファの上で求め合った。それは必要なセックスだった。セックスでしか頭の中の雑音は消し去れない。二人とも、甘さよりも激しさを求めた。

危険な雰囲気になったのは、夜明け前のことだった……。

9

ピッパは夜明け前に目が覚めた。ルークはまだ隣にいるが、起きているのを肌で感じる。

「眠れないの？」

「ああ」彼は続けてこうきいてきた。「君は、僕がショーナと一緒にいると思ったのか？」

眠れないのは、前夜の悲しいできごとのせいだけではないらしい。

「どう考えればいいのかわからなかった。今だってわからないわ」

天井を見つめながら考えた。彼の過去をどうこう言う資格が私にあるの？　でも、無視できない問題はある……話すべきことは話さないと。

「彼女は結婚していたのよ」

「僕の父もだ……」

ピッパは彼に顔を向けた。「えっ？」

「関係を持ったのは僕じゃない」暗闇の中、お互い体を横にして向き合った。「父とショーナだ」

「だったらセント・ベーダを去ったのはなぜ？」

「あの病院にいたくなかった。父を尊敬する気持ちは完全に消えた。それに、ショーナの夫も同じ病院で働いていたんだ。すごくいい人でね……」彼は少し考え込んだ。「アメリカで学ぶことは前から考えていたから、父の件で心が決まった」

彼は黙った。まだ何かを考えているようだ。

「正直に言うと、あの病院で完全な充足感は得られなかった……。あの化学の試験で道が変わった！」

「フラグメンテーションだっけ？」ピッパが言うと彼は笑い、ふざけた感じでつねってきた。

暗い瞳が輝いている……ピッパをじっと見つめて

いる。これほど誰かを近くに感じたことはなかった。ジュリアと楽しんだ夜中の内緒話とはまた違う。今は大人二人が互いを信じ、感情を共有し、弱みを見せ合い、触れ合って、支え合って、互いに相手を受け入れている……。

「なぜわかったの？　その、二人が不倫していることが。噂《うわさ》になっていたとか？」

「いいや。彼らは細心の注意を払っていた。だから、僕が相手だという憶測が広がった」

顔をしかめるピッパに彼は微笑《ほほえ》みかけた。

「知ったのは偶然だ。僕が研修期間に入るころ、父は中東の新しい病院で外科病棟の新設に関わっていてね」

「お母様も一緒に？」

「ああ。二人が帰国したのは、僕がセント・ベーダを去る二年ほど前だった」

「変な感じだった？　お父様と一緒に働くのは」

「顔を合わせることはあまりなかったよ。でも、互いの動向はわかる場所にいた。ただ、手術室の閉鎖性は君も知っているだろう？」

ピッパは自分の研修期間を思い出して頷《うなず》いた。

手術室は独立した別世界だ。中に入れば粘着マットの上できしきしと靴が鳴り、背後でドアが閉まる。多くの看護スタッフがそこで休憩したりもする。

「僕はそこで父の笑い声を聞いた。少し高めの〝休暇中に聞く笑い〟だった。そういう言い方をするのも、病院の外に出ると父が別人になるからだ」

「優しくなるの？」

「まあね。だけど突然、仕事中でも陽気な顔を見せはじめた。君が最近職場で明るいように」

「もう！」ピッパは笑った。「私はうまくごまかしているつもりよ」

「そうだな。だが、それを言うなら父とショーナもうまくごまかしていた。だから誰にも知られなかったんだ。僕は息子だから気がついた」

「どうやって？」

　未来のない関係だとしても、彼のことをもっと知りたい。知りたくてたまらない。自分を魅了した男性にもっともっと近づきたい。

　そう思った自分に、ピッパははっとした。大丈夫だと自分に何度も言い聞かせてきた。深みにはまりはしない、彼との時間を楽しむだけだと。それなのにこんな特別な夜を過ごしている。抱き合ったまま、私を信じてすべて話してほしいと思っている。

「無理に話さなくてもいいの……」

「誰にも話したことがない。でも君には話したい」

　今夜ピッパのフラットに来たのも、同じ気持ちからだった。謝罪をしたかったのは事実だが、何より彼女に会わずにはいられなかったのだ。

「クリスマスには毎年、両親に舞台劇のチケットを渡している。というか、渡していた。その年は『ハミルトン』のチケットをとった。ある朝、更衣室にいた父がそのミュージカルの曲をハミングしていたんだ。聞いたときは、その意味を考えている余裕はなかった。大事な手術があって急いでいたから」

「いつのチケットだったの？」

「三月だ。だから、父の鼻歌を聞くまで僕も忘れていた。でもその週末、母は友人と出かけていた。別の日のチケットに替えたのだろうと思って、正直、深くは考えなかった。同じ日の朝、手術前に手を洗っているショーナと会ったから、しばらく見なかったねと声をかけた。僕を避けてるのか、とかそんな言い方をしたと思う。もちろん冗談だ。なのに彼女は赤面した……。手術が始まって少しすると、誰かが彼女に、土曜の『ハミルトン』は面白かったかときいた。それですべてのピースがはまった。父の鼻歌の理由、手術室で楽しそうにしていた理由」

「ジョーナはなんと？」

「黙っていた。僕に鉗子《かんし》を渡す手が止まった。横を見ると、彼女はまた真っ赤になっていた」

「それだけで確信したの？」

「ジョーナは目も合わせようとせず、本当に僕を避けていたんだ。後ろめたかったんだな」

「手術のあとジョーナは？」

「気分が悪いと言いながら出ていったよ。患者が回復室に移ると、僕は休憩室へ行った。ジョーナがあとから入ってきて泣きだした。僕にしがみついて、黙っていてほしいと懇願してきた。彼女の夫は整形外科病棟の上級看護師で、立派な人物だ。彼女は言った。この事実を知ったら、夫は立ちなおれなくなると。なぜそれを最初に考えなかったのか、と僕は言い返した……」彼はさみしげに笑った。「僕が指導している医師がいるだろう？」

「フィオナね」

「当時の彼女はメディカルスクールの学生だった。彼女とほかにも数人、僕たちが言い争いをしているところに入ってきた。僕は部屋を出た。でも、残ったジョーナが泣いていたからね、僕が捨てたと彼女たちは思ったはずだ。妥当な想像だ。僕と彼女は年も近い。父はといえば、五十代半ばだった」

「そんな。あなたはなぜ黙って……？」

ピッパの声は先細りになった。答えはわかっている。でも、彼が悪者になるのはあまりに不公平だ。

「父と話して僕の気持ちを伝えた。別に父の罪をかぶってアメリカに行ったわけじゃない。父の近くでは働けないと思った。ジョーナと一緒に働くのも、彼女の夫と毎日顔を合わせるのも苦痛だった。すべてを知っているのに、何も言えないんだから」

「関係は今も続いているの？」

「さあね。ジョーナと話すのは仕事の連絡事項があるときだけだ。話したいとも思わない。今回の電話も仕事だった。彼女は今ICUにいるから」

「お母様にそのことは？」

「言っていない。今回は」

「お父様の不倫は初めてじゃないの？」

「ああ」彼は長いこと黙っていた。「今回は口を出さないと決めた」

「いろいろ言って、ごめんなさい」

「いいんだ。僕だって聖人じゃない。ただ、信じてくれ。僕は一度だって、相手がいる女性にちょっかいをかけたことはない」

「ええ」

「僕が本気の交際や結婚を避けるのはなぜだと思う？　僕は人を信用する。ただ、二人になるとうまくいく気がしない。痛みや嘘《うそ》が生まれる。互いに平気でなくても平気なふりをするようになる。メディカルスクールに入る前に、僕は悟ったんだ」

「それが、ロンドンから出ていきたい理由？」

ルークは頷きかけて、思いなおした。それは正直な答えではない。今夜は素直になりたい。

「セント・ベーダに戻りたくない理由ではあるよ」

ロンドンを離れることは、帰国したときから固く心に決めていた。だが今は、プライマリー病院でも変な噂は立っているというのに、ここでの暮らしを楽しんでいる自分がいる。

ロンドンはもはや、逃げ出したくなるような閉塞的な場所ではなくなっていた。

「もうすぐスコットランドに行くのよね。すべてのごたごたから遠く離れて……」

「一緒に来ないか？　その、家を見にだ」

「どうして？」ピッパは微笑んだ。「石造りのコテージには、セックスの相手がいないから？」そこで二人して笑い、さらに身を寄せ合った。

ルークは彼女の顔にかかった髪を払った。「レストランではどのくらい待ったんだ?」

「三十分よ」彼女はにこっと笑った。「嘘。四十五分くらいかな。いたたまれなかったわ」

「なんでだ? 僕はよく一人で食べているぞ」

「新品の服を着て、耳ではイヤリングが揺れていて、テーブルに二人分の食器があるような状況で?」

「ああ、たまにある」ルークはからかった。

「本当に服を買ったのか?」彼がきいてきた。

「本当よ」高級レストランでの待ちぼうけを笑い話にするのは、ほかのどんな現実について話すより、ずっと気持ちが楽な気がした。「下着もね」

「そうだったのか」彼の手が裸の腰へと動く。

「メイクもしたの……」

「埋め合わせはするよ。次に二人の休みが重なったときにまた予約する。一緒に行こう」

「だめだめ! あそこには行かない」ピッパは笑った。「恥ずかしいじゃない。もう気にしないで」

「気にするよ」

今までのキスは、ときにピッパを現実から遠ざけた。唇が溶け合うと、別世界に連れ出された気分にもなった。だが、夜明け前の今は違った。自分は確かにここにいる。そしてルークも。二人で作り出した空間に、この現実に存在している。

いつもと違うキスだった。昨夜のような激しさはなく、たびたび交わす奔放で官能的なキスでもない。穏やかで、それなのに心にしみ入ってくる。

目をあけると、彼の瞳がそこにあった。探るようなまっすぐな視線にとまどって、ピッパは目を閉じた。心の奥までのぞかれると思った。彼のためだけに空けてあるその場所を見られてしまうと。

後頭部に彼の手がかかり、心地よい力でそっと引き寄せられた。彼の胸に手を置いた。舌と舌をからませながらその手を脇へ、そして腰へとすべらせていき、じっくりと肌の感触を堪能する。

ごろりと仰向けになったときには、互いの息がぴったり合っていて、彼にそうされたのか、自分から誘ったのかわからないほどだった。太腿で優しく脚を割られて、ピッパは膝を立てた。

ルークが入ってくるのがわかり、自分の甘い吐息が耳に届いた。彼は両肘をついて上半身を浮かせたが、ピッパはベッドに固定されていて身動きがとれない。ルークが動きだした。静かに、だがぐっと奥まで押し入ってくる。下腹部に緊張が走った。強い刺激を求めて、脚がどんどん開いていく。

「ピップ……」

ピッパはその呼び方に初めて抵抗を覚えなかった。どのみち、今はそんな問題を口にするような余裕もなかったのだけれど。

彼はまったくあせらない。だが計算された的確な刺激によって、ピッパはどんどん乱れていった。体の奥にきつい収縮を感じて恥ずかしさから横を向いても、ルークはそれを許さずピッパの顔を正面に戻した。ピッパが頭を引き寄せようとするとその手を払い、両腕をつかんで万歳の形に固定した。そして、ピッパを見つめながら深く体を沈めてきた。

「ピッパ……」

僕を見ろと言っている。目を閉じていても同じだろう。どちらにしても私は、彼のためだけに空けてあるその場所に本人を迎え入れることになる。

快感が高まり、涙声でルークの名を呼んだ。熱い息が頬にかかったかと思うと、ようやく彼がペースを上げた。もう何も考えられない。一瞬頭が真っ白になった。追い込まれて腰が浮き、ピッパが達すると同時に彼の動きが止まった。苦しげな声が聞こえた。快感の余韻でうずく体をルークが再び責め立てる。再燃した熱い拍動の中で、彼は達した。

彼はピッパの上にくずおれた。涙で濡《ぬ》れた頬が冷たい。抑制を解き放ち、衝動のままに動いていた自分に、ピッパは心の内で愕然《がくぜん》とした。

携帯電話の目覚ましアラームが鳴った。彼が体を離したとき、ピッパは確信した。自分は今、生まれて初めて男の人と〝愛し合った〟のだと。

「ピッパ……？」

「何？」ピッパは気持ちを落ち着けようとした。自分たちのあいだに起きたことが怖かった。

こんなつもりではなかったとルークは言うはずだ。瞳の動きや体の反応から、ずっと隠してきた思いを彼に知られた可能性はあるの？　本気で好きにはならないと心に誓っていたのに。

「ピッパ、僕たちは今、避妊具を使わなかった」

えっ、それだけ？

大局的に見れば、さっき自分が悟った事実のほうが、よほど天地を揺るがす衝撃だった。彼は独身生活が終わるかもしれないと動揺しているのだろう。

「大丈夫よ。ピルをのんでいるから」

「だが……」

「ルーク、今日は待機なんでしょう？」

少々遅れてもいい朝の回診とは違う。ポケベルを病院で受けとるのだから、遅れると迷惑をかける。

「早く支度をして」

彼は頷いて、ベッドから下りた。

ピッパは考えを修正した。片思いでは愛し合ったとは言えない。それでも強烈な感覚だった。比喩的にも心情的にも安全だったセックスが、突然、時間をかけた優しい行為に変わったのだ。

どんどん彼におぼれている。一緒に過ごせばきらきらした彼の魅力も消えると期待していた。今までなら輝きはくもるのがふつうで、接近しすぎたときには、いつも自分から身を引いていた……。

それなのに今回は、ピッパ自身が問題の元凶だ。

「話をしないとな、ピッパ」シャワーから出て服を着ながらルークが言った。「今回はうまくケアができなくてすまなかった。予防を怠ったのは初めてだ。だから、もし君が少しでも不安に思うなら、僕は喜んで検査を受けるよ」

「検査？」ピッパは顔をしかめ、そして突然パニックになった。彼は私が嚢胞《のうほう》性線維症の保因者かどうかを心配しているの？　そうだと言ったら、彼はどんな顔をするだろう。

でも、彼の言葉はそういう意味ではなかった。

「僕が何か悪いものを持っている可能性だ……まあ、まず問題はないと思うけどね」

問題はない？　問題なのは、セックスで何も予防しなかったことじゃないわ……。

ルーク・ハリスが私の前に再び現れ、そして昔と同じように私の心を虜《とりこ》にしていることだ。

10

あるときは、小児看護は世界一の仕事だと思う。

でも、あるときは……。

エヴァンが家族を亡くしたあとの膨大な雑務に追われる一方で、アンバーはダーシーに兄弟の死をどう伝えればいいのか、いちばんいい方法を児童専門の臨床心理医とともに探っていた。

その質問が飛んできたのは、ピッパが輸液ポンプを片づけているときだった。

「ハミッシュはどこ？」

「ママを呼んでくるわね」ピッパが回答を避けて母親を捜しに行こうとすると、当の母親が入ってきた。

「ダーシーがハミッシュの居場所を知りたいと」

「そうなの、ダーシー?」アンバーは脚を引きずって歩き、息子のベッドの端に座った。

「私は出ていましょうか?」

「いてください」彼女は大きく息を吸うと、優しい声で真実を告げた。「ハミッシュは、死んだの」

「いつ帰ってくる?」

「帰ってこないわ」

「ずっと?」

「そう、ずっと」

「ヨーヨーが死んだみたいに?」

「そう」アンバーは息子の髪をなでながら、ピッパに説明した。「前に飼っていたインコです」

「ハミッシュも箱に入れてお庭に埋める?」

「うちのお庭じゃないわ。人間用のお庭があるの」声は震えているが、口調はとても優しい。

「ハミッシュはそこにいるの?」

「まだよ。今度の金曜日に入るの。ママとパパが行って、さよならを言ってくるわ。あなたが元気になったら、今度は三人で行きましょう」

「泣いてるの、ママ?」手が母親の頬に伸びる。

「そう、悲しいから。でもね、泣いたっていいのよ。家族がいるんだもの。ぎゅって抱き締め合えばいいの……。ママにぎゅってしてくれる?」

ダーシーが首筋に抱きつくと、彼女も息子をきつく抱き締めた。そしてピッパのほうを向く。

「ありがとう。もう大丈夫です」

ピッパは鼻をすすって涙を押し戻しながら、ノーラと、そしてルークに報告しに行った。

「アンバーはとても立派でした」さらに、ダーシーがどう言っていたか、また彼が死をどうとらえているかを説明した。「ダーシーは……」ピッパはここでもまた、いつもの自分らしくない泣き顔になってしまい、すいませんとその場を離れた。

「大丈夫か？」ルークが声をかけてきたとき、ピッパは給湯室でティーバッグのお茶をいれていた。

「ええ、大丈夫」砂糖を加え、ティーバッグを引き上げて、ミルクを大量に入れる。

「感情が動くのは恥ずかしいことじゃないよ」

「わかっているわ」頷《うなず》きはしたものの、彼の視線に耐えきれずに歩きだした。

「ピッパ、ゆうべのことを話さないか？　心配ごとがあるのなら……。ピルの話は聞いたが――」

「ルーク！　仕事中よ。誰が入ってくるかもわからないのに！」

「話しているだけだぞ？」

彼は大きなテーブルに近づき、ビスケットを一つとってからテーブルにもたれた。

「じゃあ噂《うわさ》のタネを作ってやろう。〝聞いて、ルークがビスケットを食べてたの〟」彼は声まねをした。

「〝しかも、ピッパはお茶を飲んでいたわ〟」


ピッパは笑い、神経質になりすぎていた自分に気がついた。心配なのは同僚の目ではない。

ルークに心をのぞかれることだ。

「検査の話をしたとき、君は動揺したね。嚢胞《のうほう》性線維症のことだと思ったのか？　不安なのか？」保因者なのかと彼はきいている。

「ルーク、言ったでしょう、心配するような問題じゃないって。姉は生まれつきの病気で死んだ。それに、私は避妊を男性任せになんかしない……」

「検査はしたのか？」

「この話は終わり。あと一週間でいなくなるような人に本音で話せると思う？」

「僕の契約が終わるのは、正確には次の土曜だ。その足ですぐ飛行機に乗るわけでもない。それでも、僕たちは今話すべきなんだ」

ピッパには人と――男性と――心を寄り添わせる方法が純粋にわからなかった。もうすぐ去っていく相手ならなおさらだ。彼との関係はもうすぐ終わる。保因者である自分は忘れずにピルを飲んでいる。これは私一人だけの問題だ。

「話すことなんてない」

「そうか」彼は出ていこうとした。

だが、ドアの手前で考えを変えたようだ。

「君の本音はずっと聞けないままだった……」

「話す必要がないもの。話したって、あなたはどうせ忘れるわ」

「あれ、僕は怒られているのか？　十四年前の会話を忘れたから？　十六歳の自分にどうして夢中になってくれなかったのかと責められている？」

「やめて！」笑ってしまった。本当にもう、こんな悲しい日に人を笑顔にするなんて。

ピッパはダーシーと仲がよかった。今朝はどれほどつらかったことか。それがわかるから、自分のいら立ちは腹におさめようとルークは決めた。

「覚えていなくて、ごめん」

「いいの。あなたはドラマーになりたいと私に言って……」

「誰かと勘違いしているんじゃないか？　ドラムなんて叩《たた》いたこともないが」

「いいえ、あなたよ。その日、あなたは泣いていたの。目が真っ赤だった」

「なんだって？　すごい記憶力だな」

あなただから覚えているの。

ピッパはそう告白する代わりに、肩をすくめた。

「どうかな。やっぱり勘違いかも」

無理やり笑顔を作った。そう、自分たちが決めたのは、一緒に楽しむということだけだ。

納得して割り切りたいのに、胸の奥にある感情は今も全力で反論してくる。

11

「これ」その夜、ピッパがフラットに来て大きな鉢植えを差し出した。「あなたにプレゼント」

「いや、それは……」

「これを私のフラットに置くと、部屋の半分をふさがれちゃうの。毎年届くし」

「君のおばさん、か？」

「そう。毎年引きとってくれる人を見つけるのが大変なの」彼女は居間の暖炉脇に鉢植えを置いた。

大きな鉢植えに目をやったとき、ルークは彼女のおばの真意に気づいて笑みを引っ込めた。要するにそのおばは姪《めい》の同僚に、もしくは感情を見せない姪に、誕生日について大っぴらに話をさせたいのだ。


胸が締めつけられた。鉢植えからピッパに目を移すと、彼女はにこにこ笑っていた。

「子犬を散歩させるって言っていなかった？」

「そうだった」

ルークは歩くのをいやがるソーセージに根負けし、抱き上げて小さな公園まで行くと、ピッパと並んでベンチに腰を下ろした。

「ダーシーの様子はどうだった？」

「ずっと黙っているわ。たぶん――」

「何？」

「たぶん、苦しいのよ」

「話してみたか？　君がお姉さんを亡くしたこと」

「五歳児に聞いてもらおうなんて――」

「わかっている。君は自分の心を軽くするために話したりはしない。それで、話したのか？」

「話していないわ」

深追いはしなかった。ピッパは夜の風景をただじっと眺めている。

「スコットランドに誘ったりして、僕は君を怖がらせてしまったんだろうか？」

どうしよう。ピッパはあせった。そんなふうに思われたのなら、ここはクールに装わないと。

「ぜんぜん。ただ……」

どう説明すれば、来週の別れがつらいというこの思いをごまかせるのだろう。

「シフト表ができていなくて休みがわからないの」

「なるほど」彼は頷《うなず》いた。「よし、いい子だ！」地面に下ろしていた子犬が、やっとトイレを終わらせた。「女の子みたいに座ってやっていたな」

「小さいころは脚を上げないのよ」

「そうなのか……」

二人は引き返した……安全なセックスに、笑い合える日常に。


体験型演劇のチケットがあまっているとジェニーが言うので、ピッパは少し前に買いとっていた。

「内容は知らないの」会場に入ってピッパは言った。

「親にプレゼントするチケットじゃないな」部屋から部屋へと移動しながら、ルークがおどける。目の前で展開されているのは熱い恋愛シーンだ。

裸もたくさん見た。正面からのオールヌードも。

「驚いたなあ！　僕を堕落させたいのかい、ピッパ？」夜の戸外に出ると彼が言った。

「文句ならジェニーに言って」

「なかなか楽しかったよ。ああそうだ、父から電話があったことは話したかな？　一緒に飲みに行こうと言われたよ」

「聞いていないけど、行くつもりなの？」

「考え中だ」彼は肩をすくめた。

ピッパは苦悩していた。気楽な関係でいようと思うのに、何度もそのことを忘れてしまう。

「母から飲みに行こうと誘ってもらえるなら、私はなんだってするわ。お父様はあなたのことが心配なのよ、ルーク」

ルークも同じだった。真剣になってはだめだと思うのに、つい忘れてしまう。今も、長年自分を苦しめてきた問いをピッパに投げかけていた。

「だったら、父はなぜ結婚生活を危険にさらすようなまねをするんだ？」

「それはお父様自身の問題よ。あなたはこれからもお父様の息子なの。話し合って」

「君は自分の気持ちを両親に話したのか？」

「話していない」

ピッパが笑い、ルークも笑った。

自然といつもの関係に戻っていた……。

ただ、その先には何もない。

12

夜勤の看護師キムから申し送りがあった。

「ダーシーですが、ルーク先生の提案で、両親に好きな食事を外から持ち込んでもらいました」

「ダーシーは食べたの？」ピッパはたずねた。

「いいえ」キムはため息をついた。「食べたのはフライドポテトを一本だけ。ご両親は今日の午前中に葬儀業者と会う予定なんだけど、ダーシーを残していくのが心配だとおっしゃっているわ」

ノーラがピッパのほうを見た。「ダーシーの専従看護をお願いできる？　四番ベッドも担当してもらうけれど、そっちの患者は母親もそばにいるし、もう退院の予定だから」

ダーシーは朝食も拒絶した。いってきますのキスにもまったく反応せず、母親はひどく心配していた。彼女はこれから外で父親と合流する予定だという。

「昼食は私がお世話します」体を拭く湯を洗面器にためながら、ピッパは母親のアンバーに言った。

「少し遅くなっても大丈夫ですよ」

「ありがとう」彼女は息子にもう一度キスをした。

母親についてピッパも病室を出た。「何かあれば連絡しますから、時間は気にしないでください」

「夫と一緒に息子の衣装を持っていくんです……」

アンバーの頬に涙がこぼれ、ピッパは彼女を空いた部屋に誘導した。「私、もう限界なんです……」

泣きだす彼女を、ピッパは抱き寄せた。

「ダーシーまで私から離れていったみたいで」彼女がしゃくり上げる。「口をきいてくれなくて……」

「きっと時間がかかるんですよ」

ピッパはルークに言われたことを思い出した。それに、明日はPACユニットの師長になるための二次面接だ。だから試してみたいと思った。個人的な過去の経験を仕事に役立てられるのかどうか。

「私は姉を亡くしているんです。ダーシーよりずっと大きなときで、双子でもないんですけど……」

「突然だったの？」涙で喉を詰まらせながら、アンバーがきいてくる。悲しみに沈んでいて、礼儀など気にしてはいられないといったふうだ。

「いいえ。でも、七歳のときは姉を失いかけました」アンバーの目を見た。「ダーシーに話してみてもいいですか？　ダーシーはご両親を不安にさせたくないのかもしれない」

「ええ、お願いします」彼女は声を震わせた。

お昼どき、ダーシーはスプーン一杯のマッシュポテトも飲み込めずにいた。ピッパはスプーンを下ろすと、彼に語りかけた。

「苦しいのよね、ダーシー」

彼は腹部の包帯を見下ろした。

「ここのことよ」ピッパは彼の小さな胸をそっと叩《たた》いた。「心が苦しくなるの。私も苦しかった。ずっと前、私のお姉ちゃんが死んだとき」

返事はなかったが、ダーシーのグレーの目が初めてピッパをまともにとらえた。

「時間がたてば平気になるわ」彼の場合、自分が突然死することを怖がっているのかもしれず、だから優しい口調で、しかしはっきりと伝えた。

そこでピッパは考えた。子供のころの自分が、ジュリアが、何をいちばんに願っていたのかを。

「ママとパパも元気になる。今は悲しんでいるけれど、時間がたてば元気になるわ」

ダーシーの両親なら大丈夫だ。二人の子供たちのために、今できることを精いっぱい頑張っている。

「ママもパパもあなたのことが大好きなのよ」

「ハミッシュに会いたい」

「そうね」ピッパは頷《うなず》いた。「私もジュリアに、お姉ちゃんに会いたかった。お姉ちゃんにはなんでも話せた。私のいちばんの友達だったの」

ダーシーが頷く。やっと理解できる言葉が聞けた、とでもいうように。

「すごく悲しいのに、会いたくてたまらないのに、お姉ちゃんはもういないかった」

ダーシーが泣きだし、ピッパは彼を抱き締めた。

「パパとママに悲しいって言っていいのよ」

「言ったら、パパとママが泣いちゃう」

「それでもいいの。ママだって言っていたでしょう。でも、笑顔になれる日が必ず来るわ。今は信じられないかもしれないけど、必ずね」

ダーシーが体を離した。テディベアを手にした姿を見ると、ピッパのほうが泣きそうになった。「ハミッシュにウィスカーズをあげたい」

「ココがいるのに？」ココはハミッシュの熊だ。

「ココもウィスカーズもあげるの」

「そんな！」話を聞いたアンバーはぎょっとしたふうだった。

彼女は葬儀屋からハミッシュの熊、ココを抱えて戻ってきた。オフィスにはノーラがいて、ルークはそこでたまたま別の患者のカルテを書いていた。今はペンを置いて成り行きをうかがっている。

「ハミッシュの熊もダーシーのために持って帰ってきたんです。二匹を一緒にさせたくて」アンバーはピッパをにらんだ。「あの子に何を言ったの？」

黙って聞いていたルークは、内心でまずいと思ったが、ピッパがとり乱す様子はない。

「姉を亡くしたときの話をしました」その話の内容についてはすでに報告が上げられている。ピッパは冷静だった。「ハミッシュに自分の熊をあげたい、というのはダーシーの考えなんです」

エヴァンが妻の手をとった。「ダーシーは前にもそう言っていた。ハミッシュが死ぬ前……」言葉はそこでとぎれた。

「でも、あとで気が変わったら？」アンバーは引かない。「そうしたら、私はなんて言えばいいの？」

「ダーシーはハミッシュのためにそうしたいんです」ピッパが繰り返す。「ご両親の決断がどうあれ、兄弟を失った悲しみは消えません」

「どうしたらいいのかわからない」アンバーはハミッシュの熊に顔をうずめて泣きだした。

「ピッパは正しいよ」エヴァンが言う。

「正しいも間違いもありません。ダーシーは兄弟のために何かしたいんだと思います。ダーシーと話してみられてはどうですか？」

ノーラが席を立った。「私が一緒に」

ノーラの手を借りてアンバーも立ち上がる。エヴアンが腕をまわして彼女の体を支え、そうして三人一緒に部屋を出ていった。

「君が答えてくれて助かった」ルークは再びペンをとった。「僕じゃ言葉に詰まっていたよ」

「あのご夫婦は子供のために一生懸命やっているわ。悲しみの中でもダーシーのことを常に考えている」

「そうだな。君の両――？」

ルークは言いかけて思いなおした。場違いな質問だ。それに、今オフィスに入ってきたのはおしゃべりなジェニーだ。

「ノーラがトイレで大泣きしています」

「そうか」ぶっきらぼうな口調になったのは、ルーク自身、熱い塊に喉をふさがれる感覚があったからだ。「今は大変なテディベア論争が終わったばかりだ。師長のことはそっとしておこう」

「そうですね」ジェニーはテーブルからティッシュをとって鼻をかんだ。「話は聞きました……」

それは意外な光景だった。あの気の強いジェニーが椅子に座って泣きだしたのだ。

ピッパがそばに寄り、肘かけに座りながらジェニーの体に腕をまわすと、ルークを見て小さく笑った。ルークははっとした。どうやら自分はまだ、ピッパのことを理解しきれていなかったらしい。少々のことでは動じない自分でさえ、ダーシーの両親の苦境には胸が詰まった。ピッパこそ動揺して当然なのに、彼女は立派にふるまっている。姉を失っていても、ダーシーの質問やとり乱した両親と向き合ったあとでも、肘かけに座って、こうしてジェニーを慰めている。本当は彼女だって苦しいはずなのに。

ジェニーがピッパに言った。「もう上がって。勤務時間は過ぎているでしょう。明日は休みよね？」

「ええ。次は夜に入るわ。じゃあ、お先に」

ルークは頷き、ピッパが出ていくと、まだ泣いているジェニーに微笑《ほほえ》みかけた。「僕も行くよ。静かなほうがいいだろう……」

エレベーターの前でピッパに追いついた。「平気か? アンバーがああ言ったのは本気じゃ——」

「ええ、わかっているわ。ご両親はつらいのよ」

「そうだな」だとしても、受け止めるのはきつかったはずだ。「土曜にレストランを予約したよ」

「どこの?」

「あのフランス料理の店だ」

「やめて!」ピッパは笑った。

「お祝いもできそうなんだ。君の鉢植えの効果かな、金曜にはカップルが二度目の内見にやってくる」

「幸運を祈っているわ」早く来て、とピッパはなかなか来ないエレベーターにじれた。

心はまだテディベアの国にあって、艶っぽい会話はできそうにない。それに今夜は絵画教室もある。とにかく、はしゃぐ気分ではないのだ。

「今夜は何か予定があるの?」

「父と飲みに行く話だが、今夜行くかもしれない。いつまでも先延ばしにはできないからね」

「いい話ができるといいわね」エレベーターが到着した。「お父様も考えているのよ……」そこでピッパは自制した。彼とは楽しく気楽に戯れるだけの関係、そして何より、今だけの関係だ。だからよけいなことは言わずにおいた。「頑張って」

「ありがとう。君も絵画教室を楽しんで」

今日の絵画教室は教師の指導のもと、全員でサントリーニ島を描く。ただ、ギリシアの島と油絵という組み合わせは、沈んだ心にはまぶしすぎた。

避けられない苦しみの予感が美しいエーゲ海を不吉な灰色へ、ドーム型の建物の上方に浮かぶ小さな白い雲を淀《よど》んだ色へと変えていく……。

「あらまあ」まわってきた教師のキャシーが声をあ

げた。「サントリーニ島に嵐がせまっているのね」

帰り道、ピッパはなぜかルークのところに寄りたくてたまらなくなった。ばかばかしい冗談を言いながら描いた絵を手渡せたら……。問題は、いつまでも平気なふりはできそうにないということだ。

面接を明日に控えた不安な気持ちを聞いてほしい。ダーシーのことを話して思いきり泣きたい。子供のころの混乱や恐怖を思い出してどれほど苦しかったか、そのことを彼の腕の中で話したい。

でも、彼はもうすぐ去っていく……。

といって、彼が行くスカイ島に数週間滞在したところで、苦しい時間が長くなるだけだ……。

もっと理解し合いたいという彼の思いも感じるが、そんな彼だって、この強烈な感情をぶつけられたら、まわれ右して一目散に逃げ出すはずだ。

愛している。

私はルークのことを、怖いくらいに愛している。

13

「ピッパ！」ピッパの姿を認めてルークが微笑《ほほえ》み、すっきりと後ろにまとめられた、めずらしく癖のない髪を見て眉根を寄せた。「かっこいいな」

「ありがとう」

「まさか、休暇や給料の話をしに人事課へ来たわけじゃないよね？」

「えっ？」ピッパは顔をしかめ、それから小さくかぶりを振った。「違うわ。もう行かないと……」

「頑張れ」

ピッパは振り返って目顔で問いかけた。

「面接だよ」

「ああ、ノーラがまた話してまわっているの？」

「そうじゃない。ただの推測だ。新しい翼棟にできる部署の面接が今日あるのは知っていた」

彼は初デートのときに着ていたグレーのワンピースに目をとめた。今日はハイヒールもはいて、あのときよりフォーマルな印象にまとめている。

「黙っていたとはびっくりだ」

「まだ受かったわけじゃないし、それに一次面接はぼろぼろだったから」

彼は目を丸くした。「ということは、今日は二次面接なのか？　それなのに黙っていた？」

少し怒っているようだ。たぶん、傷ついてもいる。

「恋人じゃあるまいし。あなただって最初は——」

「それは最初だ！　今は変わった。変わったと思っている。僕は誰にも、本当に誰にも話さなかったことを君に話した。君のほうは……」彼は上を向き、今までの二人の会話を、時間を、頭の中でたどるようなそぶりを見せた。「何も話してくれない」

「そんなことないわ」

「ほとんど何もだ。今この話をするのはよそう。君はこれから面接だ。ノーラの代理？」

「ううん、ＰＡＣユニット。併存疾患のある——」

「意味は知っている」彼はジュリアの病気を知っていたから、志望理由についてもすぐに察しがついたようだった。「二次面接に呼ばれたのなら、最初の面接もそう悪くなかったんだろう」

「呼ばれたことが不思議なの。だって……言葉が出なくて、月並みな答えしか返せなかったのよ」

「だろうな」彼は頬をゆがめて笑った。

「どういう意味？」

思わず身構えてしまったが、すぐに肩の力を抜いた。自分でもわかる。彼の言ったとおりだ。

「そうね、私は間違えるのが怖い。衝突だけは避けたいと思ってしまうの」

「いいじゃないか！　しょっちゅう衝突しているよ

うな人間を、誰が雇いたいと思うんだ？」

ピッパはしぶしぶ微笑んだ。確かにそうだ。

「それに君は立派だ。子供の母親を悪く言うジェニーに、君は反抗した」

「あれは衝突とは違うわ」

「乱暴にぶつかり合うことだけが衝突じゃない」

彼のおかげで気持ちが楽になった。少なくとも速かった鼓動が落ち着いて、最大の不安はなんなのか、その正体がはっきりした。

「感情が乱れたらって不安なの。もし……」

「ピッパ、面接の時間までどれくらいある？」

ピッパは携帯電話を見た。「十五分」

「めずらしく早いな！　本気で採用されたいか？」

「ええ」

「少し心を開いてみるんだ、ピッパ」

「開くって、どうすれば？」ピッパはかぶりを振った。「だめよ、私にはできない」

「できるさ。君ならできる」

ピッパは廊下の中央から、新翼棟での業務計画が貼り出された掲示板の横へと引っ張られた。

面接よりも、そこにいるほうがどきどきした。目の前にはルークがいる。自分はこれから、胸に秘めていたつらい真実を話そうとしている。

「すべてはジュリアから始まっているの……」

「それはそうだろう」

淡々と返されてとまどいを覚えながらも、ピッパはかぶりを振った。「怖いのよ、面接の途中で動揺したらとか、それから……」

「素の自分をさらすことが？」

「そんなこと言っていないわ」

「僕が言っているんだ。面接のときだけじゃない、君はいつだって本音を隠している」

本当に今すべき会話なのかとルークは悩んだ。ピッパが本音を見せないのは事実だ。正直に言うと、心を通わせようとしないところに最初は惹《ひ》かれた。期限つきでつき合うには完璧な女性だろう。

だが今は、ルーク自身がピッパに対して特別な感情をいだいている。自分でもまずいと思うし、ピッパにも引かれそうだ。そんな彼女も、ちらりと素の性格をのぞかせるときがある。ベッドの中だけではない。顔を上げて微笑むときや、子犬がトイレをするのを二人で待つとき……。壁の後ろに隠れていないときのピッパはざっくばらんで、魅力にあふれていて、ルークはいやでも心を動かされた。

「君が二次面接に呼ばれた理由がわかるよ」

「何?」

「まだ何かあると思われたんだろう。ジュリアが始まりなのは当然だ。日々の経験がその人の――」

「性格を決める? 人間性を決める?」

「いや、学びにつながる。僕が深い交際を避けて、人に頼らなくなった理由は話しただろう?」

「それは学びとは違うわ、ルーク。親の結婚生活を見て一生真剣な交際はしないと決めた。それは学びなんかじゃない……」

「僕が言いたいのは……」

ルークは目を閉じた。彼女は正しい。だが間違ってもいる! 自分はピッパと過ごして、白黒思考では解決できないものもあると学んでいる最中だ。

「そうだな、僕じゃ手本にならないか。だが、君は君の家族を通して――」

ピッパが割り込み、本音を吐露した。「泣きだしそうで怖いのよ。ずっと泣いていないのに……」

「いつから?」

「たぶん、四歳か五歳。だから職場では泣きたくないの。特に面接会場では」

四歳か五歳のときから泣いていない?

「面接を延期する手もある。診断書なら書くが」

「延期なんて！」

「わかった。ジュリアの話で最悪少しは泣くかもしれない。だとしても、大泣きしなければ大丈夫だ」

「私の最悪はそんなものじゃないわ」

「ピップ」ルークは彼女の腕に触れた。「ジュリアの話は、できそうならすればいい。ただし、無理だと思ったときはすぐにやめるんだ」

「どうやって？」

ルークは微笑んだ。「〈エイヴリー〉で僕に言ったじゃないか。〝この話はしたくない〟と。面接だろうと関係ない。そう言えばいい」

ピッパは唇を噛《か》んで迷っている。

「君はダーシーと彼の両親を助けたんだぞ。あのテディベア論争で……」

彼女が頷《うなず》く。

「僕なんか、どう言っていいのかわからなかった」

話しながら面接会場へと彼女を誘導する。

「どっちが正しいとかじゃないわ……」

「場合によるよ。君にはその判断ができる」

控えの椅子の前まで来ると、ルークは指を鳴らして彼女の注意を引いた。

「気持ちがわかるから、君は助言ができたんだ」

「子供を亡くした経験もないのに……」

「ダーシーの気持ちを代弁していたよ」

「だけど、もし最悪の――」

「最悪の事態？　本当に感情が暴れだしそうになったら、コンタクトが外れたとでも言って中座しろ。まあ、そこまでの事態にはならないだろうが」

ピッパは頷いた。

「よし、面接官に見せよう、本当のピッパを……」

「フィリッパと呼ばれたわ。一次面接ではずっとフィリッパと呼ばれていて、いい感じがしなかった」

「じゃあ、ピッパのほうがいいと伝えるんだ」片腕をぎゅっとつかんだ。「成功を祈るよ、ピップ」

どうぞ、フィリッパ」

席に着く前に、ピッパは一息置いた。

「ふだんはみんなピッパと呼んでくれます」そこで腰を下ろした。「怒ったときの両親は別ですけど」

あらゆる質問を想定し、これまでの看護経験についても整理してきた。まずは、新設される部署の立ち上げに関わりたい思いを熱く語った。

「だけど、君が応募したのは最近だ」一人が指摘した。「募集の告知はずいぶん前からしていたが」

「自分の気持ちを確認したかったんです。今の病棟でも師長代理を募集していますが、誰かの代わりはやはりいやだと気づきました。新ユニットの師長になって自分らしさを出したいと思っています」

続いて今までの経験についてきかれたが、準備も完璧で、今回はスムーズに答えられた。そして、意見の相違に関する例の質問がまた飛んできた。

「君ならどう対処する？」

「なんとか衝突を避けようとします」ピッパは苦笑いを浮かべたが、最悪な回答だったかと思いきや、二人の面接官はにこりと笑った。「私はそういうところがだめなんです。ですが、看護師として避けられない場合があるのは承知しています」

「子供の両親に食ってかかられたら？」

「そういう親が抱えているのは、怒りというよりとまどいです。もしくは、あせりや不安……」記憶した模範解答ではなく、思うままを答えた。「ご両親を子供のそばから離せば――」

「それはなかなかむずかしいだろう」

「そうでもありません。お子さんの前でないほうがと伝えると、たいていの場合わかってもらえます。そのあとで、できたら、ご両親が抱えている本当の不安のほうへ話を持っていきます」

次はミス・ブレットの番だった。「あなたなら、

ＰＡＣユニットで何をする？　あなたの自由裁量でなんでもできるとしたら？」

本当の自分を見せろと言っていたルークの言葉を思い出し、ピッパはここでも本音で答えた。

「患者の兄弟が使える学習エリアを作ります」そう言うと、ミス・ブレットが驚いた顔になった。「できればラウンジも。携帯の充電をしたり一休みしたりできる場所、患者から離れているけれど離れすぎない、そんな場所を作りたいです……」

「学習エリア？」ミス・ブレットは顔をしかめたが、それは呆《あき》れているのではなく、興味を惹かれたらしい顔だった。「どうしてそんな部屋を？」

「私の姉は重い病気だったんです。私が十六歳のときに亡くなりました」

「まあ、お気の毒に。いくつでお亡くなりに？」

「十八歳です」声が震えたが、まだ少しならジュリアのことを話せそうだ。「セント・アンドリューズ大学から合格の知らせをもらった矢先でした。姉は歴史を勉強しようとしていたんです」

懐かしい姉の思い出だが、そこには今まで必死に隠してきたピッパ自身の苦しみが重なっている。

鼻の奥がつんとして涙の気配を感じた。「すみません」ティッシュを出して鼻をかみ、自分を鼓舞して先を続けた。「私は学校の成績が下のほうでした。いつも宿題がこなせなくて、勉強もついていけなかった。病気の姉が何より優先だったので」

「ご両親はどうされていたの？」

「姉のことで頭がいっぱいでした。今だって……」

「まだ立ちなおれていない？」

「はい。死別を経験した人のカウンセリングを勧められても絶対にいやだと……」詳しく話すのはつらい。話したくもない。「この話はもう……」

ルークの言ったとおりだ。無理に話す必要はない。面接の質問に話を戻した。「病院のスタッフがいくら頑張っても、両親の行動を変えられたかどうかはわかりません。でも、スタッフの優しさや思いやりは子供だった私には大きな救いでした」

「健康な兄弟はとまどうわよね」ミス・ブレッドは頷いた。「まわりの目も行き届かない……」彼女はしばらく考え込んだ。「学習エリアか……」ほかの面接官からフロアの図面を見せてもらい、それからピッパに視線を戻した。「ロッカーも作ったら？予備の文房具くらいは用意したいわね」

「プリンターもほしいです」真剣に検討してもらえている事実がうれしくて、胸がどきどきした。

続いて、扱う患者や、彼らの幅広い年齢と病状の話に移った。骨がもろくても、十代の男の子は平気でとっ組み合いのけんかをするだとか、癌《がん》患者でも盲腸にならないわけではない、とか。

面接というより、もはや意見交換だった。最後にピッパは思った。この面接に落ちても、学習ルームくらいは計画に入れてもらえるかもしれない。子供の誕生日も誰かが思い出してくれる。

「どうだった？」

部屋の外ではルークが待っていた。

「うまく話せたわ。たぶん」

「面接官にあの話は……？」

「ルーク！」ピッパは手のひらを向けて制止した。そこで思い出した。さっきは面接で頭がいっぱいだったから、まだあのことをきけていない。

「ゆうべはお父様と話してどうだった？」

「話していないよ」

「キャンセルしたの？」

「誘っていないんだ」

「でも――」

今度はルークに制止された。

「〈エイヴリー〉で話そう」

この日はカウンター席に座った。

「何にする？」彼がきいた。

「シャンパンを」

「お祝いかい？」

「いいえ。あなたがいるあいだに、せいぜいおごってもらおうと思って」ピッパはからかった。

「何？　聞こえなかった」

ピッパは彼の耳元に手を添えてささやいた。「あなたにおごってもらえるから――」

「楽しんでくれ！」彼は笑った。「その服だが、見ていると不謹慎なことを考えてしまうよ。この際、ボトルを持って君の部屋に……」

「私はここがいいの」

音楽がうるさいのがいい……。うっかり愛を告白しても、行かないでと懇願しても、彼は耳に手を当ててこうきくだけだ。〝今なんて言った？〟

そう思うと安心だった。

14

「これはサントリーニ島じゃない」

出勤前のルークが、ジャケットを着ながらピッパが絵画教室で描いた絵を眺めている。

「むしろ陰鬱なゴヤの絵に近いな。部屋の内装を君に任せなくてよかった」

「私は気に入っているわ」

彼はピッパの部屋の薄いカーテン越しに、みぞれが降る灰色の景観を見つめながら、ぶるりと身を震わせた。「葬式なのにひどい天気だ」

彼が出ていくと、ピッパはタイマーを六時間にセットして、眠ろうと努力した。

陽気で気楽な恋人を演じるのはひどく疲れる。

夜勤のピッパが出勤すると、小児病棟は重い空気に包まれていた。

ハミッシュの葬儀が行われたからだろう、日勤のスタッフはみんな悲しげだった。

ピッパはこの夜の主任看護師なので、申し送りがすむと、今夜は担当ではないがダーシーの様子を見に行った。彼は眠っていた。熊のウィスカーズの代わりに古ぼけた紫色の恐竜がいた。アンバーがリクライニングチェアに座って宙を見つめている。

「こんばんは」そばに寄ってスツールに腰を下ろした。「何か必要なものはありませんか？」

アンバーはかぶりを振った。

「別の部屋にベッドを用意しておきました」

「私はこの子のそばにいたいの」

「わかります。でも、少し休みたいと思ったときには、人目を気にせず横になれる場所のほうがいいですよ。一度ご案内しておきましょうか？」

アンバーが頷《うなず》き、二人はその場所へ移動した。

「奥まった場所でしょう」ピッパはドアをあけた。

「三十分ほど休もうかしら。頭痛がひどくて……」

「ええ、そうしてください」

「夫がすぐに来ます。今は親戚と一緒です。ハミッシュのそばにはウィスカーズとココがいます。これでよかったんですよね」

「ええ」ピッパはアンバーが横たわった小さなベッドに腰を下ろした。「お母さんが真剣に話を聞いてくれた。ダーシーみたいな子供にとっては、それがいちばんうれしいんです」彼女の手を軽く握った。

「ダーシーが起きたら知らせに来ますね」

明かりを消してドアを閉めるや、母親の慟哭《どうこく》が聞こえてきた。この世でいちばん悲しい声だ。彼女が息子に聞かせまいと必死に押し殺していた声だ。

ピッパも泣きたかった。

ハミッシュと彼の家族のこと、姉のこと、そしてルークのこと。今夜を最後に彼は病院を去る。

「やあ……」ルークは十一時ごろ小児病棟にやってきた。「どんな様子だい？」

「アンバーは奥の部屋で仮眠をとっているわ。エヴァンがもうすぐ来るはずよ。ダーシーは疲れてぐったりしていたけれど、夕食は少し食べたわ」

「ちょっときくが、子犬を飼う気はあるかい？」

ピッパは笑った。「本気で言っているの？」

「例の隣人が、自分にソーセージの世話は無理だと悟ったらしい。ブリーダーに返すそうだ」にこっと笑う。「僕たちは感性が似ているから」

「そうかもね」ピッパも笑みを返したが、いや、そうじゃないと気がついて、笑みはしぼんだ。彼の言う〝似ている〟は、責任感に欠ける隣人と彼のことで、私と彼のことではない。

「朝にはうちに来るかい？」彼の誘いにピッパはかぶりを振った。「じゃあ、午後は？　まだ夕食をおごる機会がないままだ……」

「最後のシフトが終わったあとだから、フランス産のシャンパンでお祝いする？」

「ああ、それでいい。食事のあとは僕の家であらためてお祝いだ。朝のベッドメイクも必要ない」

「もしかして、フラットが売れたの？」

「売れそうな気配なんだ」彼は微笑《ほほえ》んだ。

いろんなことが片づいて、彼はもうすぐいなくなる。それをシャンパンで祝うなんて無理だ。恋していないふりを、私は最後まで続けられるの？

「実は、実家に行く約束を両親としていて――」

「ピッパ、初めて会った日、君は嘘《うそ》をついて両親を遠ざけようとしていた。僕に同じことをするのはやめてくれ。いったいどうした？」

ピッパは目を閉じ、深呼吸して目をあけた。「わかった。言うわ。私はさよならを言うのが苦手なの」それは今の心情のほんの一部にすぎなかった。

「楽しい一カ月だったから……」

ピッパは目を合わせようとしなかった。

ルークはデスクをまわって彼女の隣に座った。

「すぐに消えたりはしない。君を誘っただろう。休暇をとってしばらく一緒に過ごさないかと」

「一緒に過ごして、うまくいかなかったら？」

「休暇の話だぞ、ピッパ。結婚してずっと一緒に暮らそうと言っているわけじゃない！」

「わかってる」いら立った声だ。「最初に言ったように、私は誰とつき合っても長くは続かないし」

「スコットランドに行って、ほんの二週間ほど過ごすだけだ」ルークは言った。

「あなたにとってはそうよね！」彼女は音をたてて椅子を引いた。「薬の準備があるから」

ルークはもやもやした思いで当直室へ向かった。

休暇を提案してルールを曲げている自覚はあったが、今はルーク自身も変化している。離れたくない。こんな気持ちは初めてだった。今までなら、さっさと背を向けて別れていたのに。

だが、不満に思うのもおかしな話だ。そのとき、がらんとした食堂にエヴァンの姿が見えた。

「こんばんは。休憩ですか？」近づいて声をかけた。

「え、ああ……。考えてもわからなくて。ダーシーに葬儀のビデオを見せたり、葬儀の話をしたりしてもいいものなんだろうかって」

「あなたなら正しい判断ができますよ」

エヴァンは疲れた様子で頷いたが、次の瞬間、その顔が苦悶《くもん》にゆがんだ。拳で殴られたかのように体を折った彼を見て、ルークは確信した。エヴァンは事故の朝の選択を思い出しているのだ。

優秀な外科医だという自負はあるが、こういうときの対応は苦手だ。ピッパの顔が頭に浮かんだ。双子を一緒にしない決断をして自責の念に駆られていたとき、彼女の言葉には本当に救われた。

「エヴァン」ルークは彼の肩に片手を置いた。「自問しているんでしょう？　あの朝、子供たちを家に残して出ればよかったのかと。でも僕は、その場合の悲惨な結末もたくさん見ています」

エヴァンは泣きだした。

「だから、はっきり言います。あなたは何も間違った選択はしていない」

「ありがとう」エヴァンは言った。

「あの……」ルークは息を整えた。「あなた方はすばらしいご夫婦です。ダーシーが関わる問題にも、真剣に対処してこられた」

慰めの言葉をかけつづけた。その後は当直室に行くのをやめて、小児科病棟へ引き返した。

自分でも理由はわからなかった。

ただ、このままにはできないと思った。

スコットランドに誘ったのに、彼女の反応は理解できない。気楽な関係でいられるよう、今でも気をつけている。求婚しているんじゃないとも言った！

ピッパが視界に入った。ランプをつけてデスクに座っている。カーディガンを羽織り、コンタクトで目が痛くなったのか眼鏡をかけている。

ふと、意識がはるか昔のある一日に引き戻された。

フィリッパ。

フランス語と美術が好きで……。

それと、ケーキだ。

フィリッパ――そう呼ばれるのを彼女はいやがっている……。

ジュリアの妹、フィリッパ。

あの日に妹だと言わなかった理由が今ならわかる。

ピッパがティッシュを一枚とって鼻をかんだ。

もしかして、彼女は僕が想像している以上に別れを悲しんでいるのでは……？

本当は僕を……愛しているのか？

「やあ」ルークが近づいていくと、彼女は目をぱちくりさせた。「君は本当にすごい記憶力だよ」

「そう？」

「うん。図書館にいたのは、やっぱり僕だった」

「でしょう？」彼女は微笑んだ。

「君が言ったように——あの日、僕は泣いていた」

「思い出したの？」

「水着をとりに家へ戻って、父の浮気を目撃したんだ」頬をゆがめて笑い、それから彼女の隣に座った。

「僕は母に話すよう、父にしつこくせまった。正しいことをしているつもりだった……。だが母は精神的に耐えられず、それから数週間入院した」

「大変だったのね。そんなことがあったから、あなたは化学の試験でミスをした」

「あのいまいましいフラグメンテーションだ。だから僕は他人のプライバシーに踏み込まない。女性と長くはつき合わない……。君はどう？」

「私は長いつき合いもしてみたい」彼女はあわてて言い添えた。「いつか、そうできたらね」

「そうか……」

「思い出してくれてありがとう。ばかみたいだけど、当時の私にとってあの時間は特別だったから」

会話はそこでストップした。エヴァンがやってきてアンバーのことをたずねたのだ。

「奥で眠っていますよ。ご案内しましょうか？」

「いえ。僕は、ダーシーの隣で横になります」

再び二人だけになると、ルークは言った。「レストラン、予約したままでいいかな？　次もキャンセルしたら、僕は出禁になってしまう……」

「やっぱりだめ。予約はしないで」

ルークは誰もいないことを確認してから、体を寄せた。「シャンパンと熱いセックスがほしくないのか？」真っ赤になった頬からほてりが伝わってきた。

「あと一晩、盛大に乱れてみるのは……？」

「せっかくだけど、やめておくわ」

無理しているな。

そう思ったが、黙っていた。

病棟を歩いていると、エヴァンがダーシーにストローで飲みものを飲ませている様子がガラス越しに見えた。おどけた顔で笑わせたりもしている。

ルークの父も、ルークが扁桃腺《へんとうせん》をとったときはあんなふうだった。夜でも手術室から下りてきて、水分をとるようにルークに言ってくれた。

夜中の三時だが構うものか。今の気分が消えないうちに、父親にテキストメッセージを送った。

〈ランチを食べながら話すのはどう？〉

マシュー・ハリスのほうも、夜中のメッセージを不快に思った様子はなかった。

〈昼間でいいのか？〉

問題ない。


ルークはピッパのいるほうを振り返った。彼女は癇癪《かんしゃく》を起こした小さな子供を抱きかかえ、ナースステーションに運んでそばに座らせている。

彼女の味わってきた苦痛を思うと胸が傷んだ。親に構ってもらえなかっただけではない。

彼女は本当の意味で愛されたことがないのだ。

窓ガラスを叩《たた》く音に顔を向けると、父親に抱かれたダーシーが笑っていた。

息子と一緒にエヴァンも笑っている。

ダーシーが手を振った。そしてエヴァンも。もちろんルークも手を振り返し、エヴァンに向けて小さく親指を立てるしぐさをした。

なんて強い父親だろう。ウィリアムズ一家はもう大丈夫だ。前を向いて進んでいける。

人生が一家に与えたのは恐ろしいほどの試練だったが、彼らならきっと乗り越える。

彼らなりの方法で……。

15

ピッパは午後二時に目が覚めた。どうすればいいのか、頭の中がぐちゃぐちゃだった。ルークには会いたいけれど、暴れる感情に蓋をしたままロマンチックな食事を終えられる自信がない。それがセックスならなおさらだ。でも、会いたくて、会いたくてたまらない。相談できる人はいなかった。ただし、一人だけ……。

お墓参りで気持ちが楽になったことは、今まで一度もなかった。

母がしょっちゅう来ているから、ジュリアの墓はおそらく墓地でいちばんきれいだ。

でも、今日はピッパが独り占めできる。脱いだコートを地面に置いて、その上に座った。

「話がしたいよ、お姉ちゃん」突然出た自分の声に驚いた。「二人ならいろんな話ができたよね」

ピッパも姉も母親を不安にさせる言動は慎んでいたが、二人だけのときは正直になれた。

「ルークがプライマリー病院で働いているの。少し前からつき合っていて、ああ、遊びよ」あわててつけ加えたが、嘘《うそ》をついてもしかたがない。「ルークに言わせればね……。自分の行くスコットランドに遊びに来いって言うの。行く意味なんてないのに。お母さんが知ったら、どんな顔をすると思う？」

母の心を思いやっても、過去には何も解決しなかった。感情を押し殺していたのに……自分が存在する気配さえ消していたのに……。

「ピッパ！」

振り返ると、墓参りのときにいつも持っていくガーデニング用の籠を手にした母がいた。

「久しぶり、お母さん」ピッパは立って母にキスをした。冷たい草の上に小さなマットを敷いて、母が膝立ちになる。「ちょっと思い立って……時間ができたから……」うまく話せない。

「よかったわ」

「お姉ちゃんに話していたの……。ひと月前から、ルーク・ハリスが同じ病院で働いているって」

「まあ！」

「それで、彼とつき合ってる……」

「ピッパ！」母はさっと墓に目をやった。「ここでそんな話はやめなさい」

「じゃあ、どこならいいの？　お姉ちゃんには聞こえないわ。もし聞こえるのなら……」ピッパは深呼吸をした。「私はうれしい。誰かに自分の話を……この気持ちを聞いてもらえるんだもの」

母は立ち上がって声をひそめた。「よりにもよって。ジュリアがいちばん好きだった人でしょう」

「私だって、いちばん好きだった！」

震える息を吸った。はっきり口にすると泣きそうになった。それはずっと抑え込んできた、自分でも認めようとしなかった真の感情だった。

「好きだったの。昔から」

ピッパは駆けだした。

「ピッパ！」

「何？」振り返っても、一歩も戻らなかった。

「知らなかったわ。そんなこと――」

「知るわけないわ。話すのはお姉ちゃんのことばかり。先週は私の誕生日だったのよ。三十歳の！」

「そうよ、だからカードを――」

「カードなんていらない！　お金もいらない。ちゃんと祝ってほしかった……。一度でいいから、この世に存在していいんだと思わせてほしかった」

「ピッパ！　私は一生懸命……」

「それじゃだめだったの」

ピッパは逃げるようにして墓地を離れた。

家に戻り、生まれて初めて盛大に泣いた。

涙はずっと隠してきた。姉にも、両親にも、最後は自分自身にも。ベッドで背を丸めて泣く自分の声はアンバーの慟哭《どうこく》にも似ていて、あの家族を思いだすと、涙がさらにあふれてきた。

ルークの腕に抱かれたかった。彼が与えるはずのないことを私は望んでいる。もう頑張れない。

ジュリアはいつも笑っていて、人生を極限まで楽しめる人だった。その姉はもういない。

私は一人だ。

愛するのが怖い。

置いていかれるのが怖い。

忘れられるのが怖い。

少し落ち着いてくると、部屋に姉がいるような気がしてきた。苦しげな声が聞こえる……。

〝誰でも怖くなるときはあるわ。私はただ、怖がるのは明日にしようと思っているだけ〟

昔聞いたときは、意味がよくわからなかった。でも今ははっきりとわかる！

気が変わる前にタクシーを呼んだ。泣きはらした顔を、きっかり十五分でフレンチレストランに行ける顔に修正しなければならない。

リップをつけて、以前待ちぼうけを食わされたときと同じ薄紫のワンピースに着替えた。

ハイヒールをはいて、飾り棚からサントリーニ島の絵をとった。

準備完了。今夜はルークとの最後の夜だ。

何が起ころうと逃げはしない。怖がるのは明日でいい。ジュリアのように考えよう。

インターホンを押すときになって気がついた。レストランの予約はしないでと言ったんだった。

「ピッパ！」

上がっていくと、彼は戸口に立っていた。スーツのズボンだけをはいて、上半身は裸で、ワインのグラスを持っている。室内には音楽がかかっていた。

「僕はてっきり……」

「お邪魔だったみたいね」まさか、もう次の女性がそばにいるとか？「突然来ちゃったから」

「いや、大歓迎だよ」彼はドアを大きくあけた。

「あなたの好きなサントリーニ島の絵を持ってきたの。これでフラットが確実に売れるわ」

「もしくは買い手が逃げ出すかだ。大丈夫か？」

どこか様子がおかしいと感じたらしい。

「コンタクトよ。アレルギーなの」

「大変だな」赤ワインを注《つ》いでくれる。

ピッパはそれをごくりと飲んだ。「母とけんかしたの。私が言いすぎたんだけど」

「君がけんかとは想像しづらい。だが、けんかといっても、それだけ苦しんできたということだ。口に出したほうがいい問題もある」

「ええ」

「こう言えば少しは気が楽になるかな。僕も父とけんかした。一緒にランチを食べることにしたんだが、店に入る前の駐車場で言い争いになった」

「そんな」

「なんとか食事はしたよ。ぐだぐだ言われても理解できない。わかりたくもない。今は休戦中だ」

「ああ、安心したわ」

「君のおかげだ。僕は両親のような結婚はしたくない。だが、僕がどうこう言う問題でもないんだ」

「そのとおりよ。ねえ、あのレストラン、今からじゃ予約はできない？」

「残念だけど、土曜日の夜だからな」

「そう。それならセックスだけね……」

「ほう！」彼は目をしばたたいた。

「面倒な女だと自分でもわかってる。だけど、私は人とつき合うのが下手なの。言ったでしょう?」「遊ぼうにも一筋縄ではいかないか」

「ええ」

「見返りは充分にあるよ」自分のグラスとピッパのグラスを脇に置くと、彼はピッパを抱き寄せた。

ピッパは裸の胸に頰をつけ、彼の腕の中にいる幸せを嚙《か》み締めた。「ベビーパウダーの匂い……」

「気に入ったんだ。自分でも一缶買った……」

「嘘でしょう!」

「嘘だ。君のを一つもらった」ピッパの顔を上向けてそっとキスをする。「来てくれてうれしいよ」

こういう瞬間を、私は危うく遠ざけるところだったのだ。考えるだけで恐ろしい。と、彼がピッパに両手を上げさせてワンピースを頭から抜いた。

ピッパの手をとって寝室まで引っ張っていく。

「きれいにしていなくてごめん」

ベッドメイクなんてどうでもいい。それより、ベッドに押し倒されたことがうれしかった。無抵抗な体から下着が引き下ろされ、口を使った愛撫《あいぶ》が彼にしか作れない快感を送り込んでくる。

「すまない、ピップ」彼は達する寸前のピッパをそのままにしてズボンのファスナーを下げると、それまでの抑制や優しさをかなぐり捨てて、あっと言う間に体をつなげてきた。「待てなかった」

ピッパは彼の体に脚を巻きつけた。待てないのはピッパも同じだった。彼が瞳をじっとのぞき込んでくる。ピッパも彼を見返した。

もう限界だ。ピッパは強烈な快感に目を閉じて、達する互いの声を聞いた。

「まったく」覆いかぶさってきた彼が言った。「君のせいで僕の計画は……」

これほど濃密で素早いセックスは初めてだった。頭のもやが晴れてくると、ピッパは小さな違和感を覚えた。見慣れたものがなくなっている。

クッションがない。

ラグがない。

趣味の悪い絵も一枚残らず消えている。

「不動産屋が誰も連れてこなければいいが――」

「待って！　買い手は見つかったんでしょう？」

「もういない」

「撤回して離れていったの？」

「離れる話はよそう」脚のあいだにすべらせてきた手のせいで、卑猥《ひわい》な意味だとわかる。

「前にも言ったけど、私はピルを飲んでいるわ。私は――」ピッパは呼吸を整えた。「保因者よ」

「幸い僕は違う。検査を受けたよ」

「どうしてあなたが検査なんか？」

「あの朝、僕は不注意だった自分を恥じた。君が保因者である場合も当然考えられる。そこから起きる問題は……お互い知っておくべきだ」

「でも、なぜ？」

「君のことが大事だからだ。お互いにとって必要な情報だと思ったからだ……」

淡々と冷静に話す。ピッパがあれだけ恐怖と緊張を強いられてきた話題だというのに。

「よし、服を着て食事にしよう。鶏肉《とりにく》のプロヴァンス風煮込みが待っている」

「だけど、予約はとれないって」

「デリバリーは大丈夫だった。僕が温めるよ」

彼はクリーニングの袋からシャツを出すと、床からズボンを拾い、最後にネクタイを選びに行った。

「ドレスアップするの？」

「そうとも。お祝いだからね」

なんにでも向き合うと誓った。怖がるのは明日でいい。ピッパは服を拾ってバスルームに入った。

居間に戻るとテーブルセッティングが終わっていた。ワインの瓶にキャンドルまで立っている。

「驚いた」ピッパが言うのと同時に、彼が料理の皿を運んできた。

「レンジで温めたことはシェフには内緒だぞ」ルークは笑った。「赤ワインを合わせたことも……」

「わかった」話す機会なんてないけど、とは言わなかった。彼につっかかるのも不安になるのも、もうやめる。おいしい料理とワインを楽しもう。もちろん、一緒に食べる人との時間も。

「ピップ……」真剣な口調で切り出され、ピッパは顔を上げた。「君に黙っていたことがある……」

「そんなの気にしないで」

黙っていたことなら自分にもある。言ったら彼が逃げ出すとわかっていたから、こんなに強く惹《ひ》かれているのに何も言えないままだ。

「僕は……気持ちを切り替えたい……」

「そうね。今まで楽しかった。本当に――」

「ピップ！　僕が言っているのは仕事の話だ。スコットランドに行くのは仕事のためじゃない。フィラデルフィアにいたとき、尊敬できる指導者に強く言われたんだ。たまに仕事から離れることは、とても重要だと。彼は魚釣りに行くそうだ」

「あなたも魚釣りに行くの？」

「いや」

真面目な話らしい。ピッパは食事の手を止めた。

「ひと月かふた月、患者から離れたい。仕事は好きだし、辞める気はない。でも、これからは休むことも真剣に考える。そのときは一緒に来てほしい。休むのがむずかしいのも、君がもうじき新しい仕事につくかもしれないこともわかっているが……」

ピッパは何があっても恐れないと決めていた。だから断る代わりに、傷つくことを避ける代わりに、素直になって頷《うなず》いた。「ついていくわ」

「本当か？」

「ええ。石造りのコテージでセックスに飢えさせるのもかわいそうだし」

「デザートをとってこよう」彼はピッパを見た。

「何がおかしいんだ？」

「あなたよ。話はもう終わり？　大事な話なのに」

ピッパは笑った。「朝には私を追い払ったりして」

「それはない」彼はキッチンに消えた。

次はケーキを持って現れた。一本の細長いキャンドルに火がついている。

「こんなことまで……」笑いながらも感動で胸が詰まった。彼はさんざんだった誕生日の埋め合わせをしようと頑張ってくれている。「言ったでしょう、大げさに考えなくてよかったのに……」

「考えるさ。スコットランド行きだけじゃない、僕は一生をかけた約束をするつもりなんだ」

ケーキがテーブルに置かれた。

「誕生日にはケーキだ。自分で作ろうかと思ったが、結局プロに任せた。飴《あめ》がけしたスモークアーモンドとチョコレートのケーキだぞ」

確かにおいしそうな響きだったが、気になるのは材料ではなかった。炎が揺れる白いキャンドルでもない。クリームで書かれた下手な文字だ。上品で美しいケーキにはまったくそぐわない……。

どう見ても配達先を間違っている。〝誕生日おめでとう〟でなければならないのに、そこには〝結婚しよう〟と書かれているのだから。

「疑問形にするのはやめた。書けるスペースが狭いんだ。それは僕が書いた字だ」

「あなたが？」

「シェフには鼻で笑われたよ。返事を聞きたいが、その前に打ち明けておきたいことがある……」

「もしかして、バツイチ？」ピッパがきくと、彼はかぶりを振った。「じゃあ、子供がいる？」

「惜しい。トイレのしつけが必要な子犬だ」

「ソーセージを引きとるの？」

「一時間後に散歩させる。ついでにソーセージ関係のグッズを全部こっちに運び込む。ああ、言い忘れていたが、フラットを売るのはやめたよ」

「どうして？」

「君の陰気な作品を壁に飾りたい」彼はピッパの両手をとった。「孤独は好きじゃない。両親のごたごたを教訓にして人生をむだにしたくはない。君を愛している。君だって僕のことを……」

彼は知っていたのだ！

だとしても、どれほど好きかは知らないはず。

「愛しているわ。異常なくらい」ピッパは彼を見つめた。「あなたと図書館で会ったあと、美術の授業でハートの置物を作ったの。媚茶色《こびちゃ》に塗ってラセットブラウンとカッパーブラウンの斑点をつけた。それがあなたの瞳にいちばん近い色だったから」

「今でもそれを？」

「持っているわ。それから、何度かあなたといるところを想像した……別の人といるときに……」

「お役に立てて何よりだ」彼は笑った。

「愛しているわ、ルーク。ずっと愛していた」

「僕にはその愛が必要だ。一緒にスコットランドで休息したい。ご両親には僕から話す」

「それは私に任せて。実家の暖炉の上には今もあなたがいるの。あなたとジュリアの写真よ」

「なるほどね」彼は考え込んだ。「僕としては、結婚式に親を呼ぶのは気が進まない……」

ピッパはテーブルをまわって彼の膝に座った。

「君が困るのはわかるんだ。一人きりの子供だしね。だから、どうしてもと言うなら――」

「二人だけがいい」

「二人だけ？　それはイエスの返事なのか？」

「疑問形にしなくて正解よ、ルーク」

十六歳のときから、ずっと心を奪われていた。

「昔からずっとイエスだったわ」

16

ピッパは二月からプライマリー病院で新しい役職に就く。ルークはというと、有名なティーチングホスピタルに採用され、恵まれた条件で専門医としての職を得た。父親の影を感じずにすむ職場だ。

〈毎年連続した六週間にわたる休暇を許可……〉

彼の契約書にはそう書かれていた。ピッパのほうは影響力もなくて、書面にまではできなかったが、同じ長さの休暇をとることは、すでにミス・ブレットと話して理解してもらっている。

両親には……真剣な交際だと伝えた。

暖炉の上にあった写真も片づけられた。

そして今日は、結婚式当日だ。

緊張感はまったくなかった。今日という日は最初から自分の運命に刻まれていた。そんな気がする。

緊張感がないどころか、ピッパはルークの前で新しい下着と格闘していた。

「正式な夫婦になるまで、セックスはおあずけだ」

「だったら早く奥さんにして」笑いながら翡翠《ひすい》色の華麗なワンピースを身にまとった。

美しい婚約指輪に目を移した。エメラルドの指輪で、さまざまな緑の色合いが目を奪う。アーミーグリーンも入っていて、大のお気に入りだ。

「はい、君の花だ」ルークが小さな箱を渡す。

ヘザーとあざみだった。

とげとげしていて柔らかい。

人生とそっくりだ。

そして、人生と同じように美しい。

ルークがソーセージを抱え上げた。子犬も今日はタータンチェックの蝶《ちょう》ネクタイでおしゃれに決めている。それから二人で式場に向かった。

そこはエディンバラ市役所にある挙式用の部屋の中でもいちばん小さな部屋だった。

挙式担当者と二人の立会人が温かく迎えてくれた。ルークの手と自分の手がシルクのロープで結ばれた。誓いの言葉は、伝統的なものを事前に選んだ。

「ルーク、あなたはフィリッパを妻に迎えますか？ 生涯彼女の友となり、伴侶となり、誠実な夫となりますか？ いかなるときも彼女を愛し、敬い、苦しみから守り、つらいときには慰め、彼女とともに心と魂を成長させますか？」

「はい」自信に満ちた明瞭な声だった。

同じ質問がピッパにも投げかけられた。

「フィリッパ、あなたはルークを夫に迎えますか？ 生涯彼の友となり……」

このときまで、ピッパは懸命に感情を抑えていた。それなのにまさか、ルークの目に涙を見るなんて。

愛されているのはわかっていた。けれどその愛の深さや、この誓いが彼にとってどれほど重要であるかを理解したのは、まさにこの瞬間だった。

「……彼とともに心と魂を成長させますか？」

「はい」心から愛する男性の顔を見て、もう一度言った。「はい、させます」

二人の手からロープが外され、ルークがピッパを抱き寄せた。

とまどいと、そして極上の喜びがピッパを包んだ。

「私たち、家族になったのね」

「そうだよ」彼はピッパが彼の指にはめたホワイトゴールドの指輪を見て、それからピッパに視線を戻した。「これからは僕がそばにいる」

彼の優しい言葉は、ピッパが誰からも愛されずに育った事実を暗に表現していた。もちろん、一人だけは愛してくれたけれど……。

「準備はいいかい？」事務的な手続きがすべて終わ

ると、ルークがきいた。

新婚旅行の初夜を過ごす美しいホテルへ行く前に、どうしても見ておきたいところがあった。ルークに手を握られ、タクシーで一時間半の距離を移動した。行き先はセント・アンドリューズ大学だ。ちらちらと雪が舞っていた。車窓から北海を見やると、灰色の波がうねっているのが見えた。薄く雪をかぶった壮麗な建物を目にしたピッパは、大学の見事なたたずまいに息をのんだ。

車から降りると、バグパイプの音が聞こえた。たまただと思っていたが、その演奏者たちを先導して、ルークがチャペルへと歩いていく。

《アメイジング・グレイス》は姉の葬儀でも演奏されていたが、今聞く音はあのときよりずっと優しかった。もう泣いてもいいんだとピッパは思った。

「来たわよ」ジュリアとの会話を思い出した。姉は自分の代わりにここを見てきてほしいと言ったのだ。

「ありがとう、お姉ちゃん」

ステップに花束を置いた。勇敢だったジュリアの精神に背中を押されたからこそ、ピッパは傷つくことをも恐れず、ルークの申し出を受け入れられた。たとえ一カ月で別れていたとしても、彼との時間は価値のあるものだったと思う。

「大好きよ、お姉ちゃん」

大好きだった。これからも大好きだ。

ソーセージを抱いたルークを振り返り、彼の手をとって車へと歩く。「ここに姉がいたらなあ」

「いたら、姉妹で僕を奪い合って大げんかしているんじゃないか……？」

「もうっ！」ピッパは彼を小突いた。泣いていたのに笑ってしまった。姉の話で笑えるのはとてもうれしい。「どこまでうぬぼれているの！」

「今日の僕はおおいにうぬぼれているよ」

愛の強さを確信している声だった。

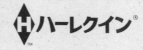

透明な私を愛して
2024年10月20日発行

著　　者	キャロル・マリネッリ
訳　　者	小長光弘美（こながみつ　ひろみ）
発 行 人	鈴木幸辰
発 行 所	株式会社ハーパーコリンズ・ジャパン 東京都千代田区大手町 1-5-1 電話 04-2951-2000（注文） 0570-008091（読者サービス係）
印刷・製本	大日本印刷株式会社 東京都新宿区市谷加賀町 1-1-1
表紙写真	© Djvstock ｜ Dreamstime.com

ISBN978-4-596-71391-9 C0297

◆◆◆ ハーレクイン・シリーズ 10月20日刊 発売中

ハーレクイン・ロマンス　愛の激しさを知る

白夜の富豪の十年愛 《純潔のシンデレラ》	ジョス・ウッド／上田なつき 訳	R-3913
無垢のまま母になった乙女 《純潔のシンデレラ》	ミシェル・スマート／雪美月志音 訳	R-3914
聖夜に誓いを 《伝説の名作選》	ペニー・ジョーダン／高木晶子 訳	R-3915
純潔を買われた朝 《伝説の名作選》	シャロン・ケンドリック／柿原日出子 訳	R-3916

ハーレクイン・イマージュ　ピュアな思いに満たされる

透明な私を愛して	キャロル・マリネッリ／小長光弘美 訳	I-2823
遠回りのラブレター 《至福の名作選》	ジェニファー・テイラー／泉　智子 訳	I-2824

ハーレクイン・マスターピース　世界に愛された作家たち ～永久不滅の銘作コレクション～

愛を告げる日は遠く 《ベティ・ニールズ・コレクション》	ベティ・ニールズ／霜月　桂 訳	MP-104

ハーレクイン・プレゼンツ作家シリーズ別冊　魅惑のテーマが光る極上セレクション

傷ついたレディ	シャロン・サラ／春野ひろこ 訳	PB-395

ハーレクイン・スペシャル・アンソロジー　小さな愛のドラマを花束にして…

あなたを思い出せなくても 《スター作家傑作選》	シャーロット・ラム 他／馬渕早苗 他 訳	HPA-63

文庫サイズ作品のご案内

◆ハーレクイン文庫・・・・・・・・・・・・・毎月1日刊行
◆ハーレクインSP文庫・・・・・・・・・・毎月15日刊行
◆mirabooks・・・・・・・・・・・・・・・・毎月15日刊行

※文庫コーナーでお求めください。

10月25日発売 # ハーレクイン・シリーズ 11月5日刊

ハーレクイン・ロマンス

愛の激しさを知る

ジゼルの不条理な契約結婚 《純潔のシンデレラ》	アニー・ウエスト／久保奈緒実 訳	R-3917
黒衣のシンデレラは涙を隠す 《純潔のシンデレラ》	ジュリア・ジェイムズ／加納亜依 訳	R-3918
屋根裏部屋のクリスマス 《伝説の名作選》	ヘレン・ブルックス／春野ひろこ 訳	R-3919
情熱の報い 《伝説の名作選》	ミランダ・リー／槙　由子 訳	R-3920

ハーレクイン・イマージュ

ピュアな思いに満たされる

摩天楼の大富豪と永遠の絆	スーザン・メイアー／川合りりこ 訳	I-2825
終わらない片思い 《至福の名作選》	レベッカ・ウインターズ／琴葉かいら 訳	I-2826

ハーレクイン・マスターピース

世界に愛された作家たち
～永久不滅の銘作コレクション～

あなたしか知らない 《特選ペニー・ジョーダン》	ペニー・ジョーダン／富田美智子 訳	MP-105

ハーレクイン・ヒストリカル・スペシャル

華やかなりし時代へ誘う

十九世紀の白雪の恋	アニー・バロウズ 他／富永佐知子 訳	PHS-338
イタリアの花嫁	ジュリア・ジャスティス／長沢由美 訳	PHS-339

ハーレクイン・プレゼンツ作家シリーズ別冊

魅惑のテーマが光る
極上セレクション

シンデレラと聖夜の奇跡	ルーシー・モンロー／朝戸まり 訳	PB-396

※予告なく発売日・刊行タイトルが変更になる場合がございます。ご了承ください。